Pôle fiction

Vincent Villeminot

La Brigade de l'ombre

1. La prochaine fois ce sera toi

GALLIMARD JEUNESSE

Prologue

Ce mardi 22 juin, Anne-Cécile Arthal (dite « Anne-Cé ») arriva beaucoup plus tôt que d'habitude au cabinet de psychologue où elle exerçait son art depuis dix ans.

La veille, sa dernière consultation s'était prolongée tard dans la soirée, elle n'avait pas eu le temps de classer ses dossiers et entendait le faire avant le premier rendez-vous du jour. Elle gara donc son scooter dans la rue Le Bris, encore exceptionnellement déserte. Ce fut pour cette raison, sans doute, qu'elle tomba la première sur sa voisine, Roselyne Michel, en pleurs sur le trottoir.

Devant la grille de son pavillon, la vieille dame était secouée de spasmes, entre lesquels elle geignait, doucement, comme un animal blessé.

Anne-Cé s'approcha, vit qu'elle pataugeait dans une flaque de sang.

Dissimulés jusque-là par une voiture en stationnement, deux chiens courtauds, blancs et soyeux mais souillés d'écarlate, gisaient dans le caniveau. Ken et Barbie. Un mâle et une femelle de l'espèce bichon maltais. Réduits en charpie et aussi morts que possible.

Ken et Barbie étaient des célébrités dans la rue Le Bris où travaillait Anne-Cé, et les deux raisons de vivre de Mme Michel – ses motifs d'adoration, ses sujets exclusifs de conversation, et la pomme de discorde qui opposait l'acariâtre retraitée à l'ensemble de ses voisins. En dépit des plaintes régulières du quartier, elle les laissait aboyer dans son jardinet pendant toute la journée (et pendant la nuit si le cœur leur en disait) ; elle les laissait chier sur l'intégralité des trottoirs de la rue, et menacer l'équilibre de quiconque s'y risquait. Tout le voisinage en était venu à souhaiter aux deux clebs une mort spectaculaire et douloureuse, mais en général, il y a loin de la pensée (ou du souhait) aux actes.

Or, cette nuit, quelqu'un avait dépecé les bichons.

Anne-Cé surmonta son dégoût, entra chez Mme Michel pour se munir de gants de vaisselle et glissa les dépouilles dans des sacs-poubelle qui serviraient de *bodybags* jusqu'à l'arrivée de l'embaumeur. Roselyne – « appelez-moi Roselyne » – lui expliqua en reniflant que ses chiens avaient probablement été victimes d'un cambrioleur ou d'un violeur : hier soir, elle les avait nourris juste avant d'aller se coucher, vers 21 heures, puis les avait laissés divaguer dans son jardin clos de haies, selon leur habitude – les nuits étaient si chaudes, les chers petits si énervés… Un cambrioleur avait certainement pénétré dans sa propriété à son insu. Il en voulait à ses bijoux, peut-être à son corps. Ken et Barbie avaient dû s'interposer courageusement pour défendre les biens mobiliers et l'intégrité physique de leur maîtresse ; oui, aucun doute, c'est ce qui s'était passé.

Anne-Cé l'encouragea dans son intention de porter plainte à la police, sitôt les obsèques organisées. Elle déclina en revanche les demandes de la vieille dame, qui lui suggérait avec insistance de prévenir immédiatement son mari, afin que la brigade criminelle parisienne vînt prélever l'ADN de l'égorgeur.

– C'est mon *ex*-mari, rappela Anne-Cé avec une grimace. Et il ne travaille plus à la brigade criminelle depuis cinq ans.

– Raison de plus, insista Roselyne Michel. Il a sûrement un peu de temps…

Anne-Cécile Arthal réussit finalement à prendre congé.

Elle jeta un œil à sa montre, constata qu'elle était désormais en retard. Elle appela son domicile pour s'assurer que sa fille aînée s'était réveillée. Fleur lui confirma qu'elle était déjà opérationnelle, qu'elle réviserait le bac toute la journée, et qu'Adélaïde, la cadette, avait pris la route de l'école. Le premier « client » du jour attendait devant la porte. Ça n'arrêtait pas. La veille au soir, lorsque Anne-Cé avait quitté son cabinet, la nuit tombait – si ça se trouve, elle avait croisé le dépeceur de bichons…

Il fallait tout de même être un dangereux salopard pour massacrer ainsi deux chiens, fussent-ils aussi néfastes. Tout en se lavant les mains dans la salle d'eau de son cabinet, avant la première consultation, elle se surprit à chantonner : « C'est la mère Michel qui a perdu ses chiens… »

Ce genre de parodie macabre aurait plu à Markowicz. Elle secoua la tête, et une idée menant à l'autre, songea au trottoir écarlate de la rue Le Bris, s'étonnant encore que de si petits chiens puissent contenir autant de sang – mais justement, son ex, le commissaire Léon Markowicz, lui avait raconté que c'était un motif de stupeur renouvelée, cette quantité de sang sur les scènes de crime ; notamment concernant les humains.

PREMIÈRE PARTIE

Premier jour

1.

Le mercredi 23 juin, alors que la canicule s'apprêtait à écraser Paris un jour de plus, le gardien de la paix Morteau vit apparaître au bout de la rue des Artistes un étrange duo.

Le premier des deux hommes était un géant. Haut comme une armoire, large comme un buffet et taillé dans le chêne, il boitait sur une canne qui menaçait de se briser sous sa masse à chaque pas. Costume noir, cravate noire, il était suivi par un autre individu, noir de peau celui-là, chauve comme un genou, de taille et de carrure sensiblement plus modestes – pour tout dire un quasi-nain, et fluet –, vêtu d'une blouse blanche presque immaculée.

Au fur et à mesure qu'ils s'approchaient, Morteau détailla leur curieux attelage.

Le colosse fumait une cigarette jaunâtre, mal roulée. C'était la jambe gauche, raide, qu'il traînait mais, malgré ce handicap, il émanait de lui une impression de puissance, de danger peut-être. Le visage qu'il promenait à près de deux mètres du sol était ovale mais prognathe, les yeux profondément enfoncés dans un faisceau de rides sous une barre de sourcils broussailleux, les cheveux épais, sombres mais blanchis déjà. Il était difficile de lui donner un âge. La cinquantaine ? Le cou semblait celui d'un taureau. L'âge ou les désillusions ridaient le front haut, labouré et tourmenté. Les mains – l'une serrait la canne anglaise et l'autre, la droite, tirait présentement sur la clope tordue – étaient larges et courtes (rapportées au reste de la carcasse), comme celles d'un étrangleur assermenté. Tout indiquait l'homme d'action porté sur les explosions de violence, les alcools tristes et les combats d'arrière-garde. Mais si Morteau avait été un observateur plus fin et mieux rompu à l'étude des êtres et des âmes sous leurs apparences (s'il avait été un inspecteur plutôt qu'un simple gardien de la paix, par exemple), il aurait reconnu quelque chose de méditatif, également, dans le front ombrageux ; et dans les yeux indéfinissables, couleur d'huître fraîche, une aristocratie assez romanesque.

Le quasi-nain en blouse, sensiblement du même âge mais étroit, gracile, et plus mélancolique que ténébreux, trottait quatre pas derrière, comme le font les âmes damnées, les éminences grises – et également les types qui n'arrivent pas à marcher assez vite pour suivre. Ce qui n'était pas le cas, en l'occurrence. Sa peau d'un noir presque violet, fripée sur le visage et les mains, luisait sur le sommet lisse du crâne. Il arborait dans la poche de poitrine une rangée de stylos Bic, de quatre couleurs, en guise de décorations. Il suait à grosses gouttes et roulait des yeux inquiets, très blancs dans sa face bistre, derrière ses lunettes cerclées de métal. Peut-être parce qu'il craignait d'être ridicule ; ce qu'il était, en la circonstance.

Morteau les regarda passer devant lui, bouche bée, et tout à son saisissement, il oublia de leur demander leurs cartes. Mais s'ils avaient pu franchir les rubalises jaunes de la police, c'était qu'ils avaient à faire sur le lieu du massacre.

Flics ? Experts ? Envoyés du procureur ?

*

« Cela manque de sang », songea le commissaire.

La gamine, ou ce qu'il en restait, gisait sous le porche de cette cour intérieure, dans une flaque de sang trop modeste au regard des plaies infligées. On l'avait transportée ici *post mortem*, ou mutilée plusieurs heures après le décès.

« Quand on n'a pas de tête, il faut avoir des jambes, certes. Mais le problème se situe parfois entre ces deux extrémités », ajouta Léon Markowicz, toujours pour lui-même.

Il sourit vaguement, et tristement. C'était sa façon de se défendre du sentiment de compassion qui l'étreignait.

Anne-Cé n'aimait pas trop cet humour très noir, à l'époque…

La gamine avait peut-être 20 ans, plus sûrement une ou deux années de moins. Son visage intact, assez joli, portait encore le maquillage trop lourd dont se fardent les jeunes filles à cet âge, parce qu'elles veulent avoir l'air de femmes.

Le commissaire mit son genou valide à terre pour se pencher sur elle.

Elle n'avait pas eu le temps de pleurer avant de mourir, le mascara n'avait pas coulé. Quant à l'effroi visible dans ses yeux, il ne confirmait ni n'infirmait rien : tous les cadavres semblent effrayés, même ceux qui n'ont pas vu la mort arriver. On aurait dit qu'elle pinçait les lèvres, en une moue de sourire, ou de dédain un peu ironique. Était-ce cette insolence qui avait provoqué l'immense rage dont témoignait la scène ? Elle portait un petit corsage fleuri, couleur myosotis, dénudant les épaules et sans doute le bas du ventre, sur un short de jean taille basse, qui laissait découvertes ses longues jambes, cuisses juvéniles, chevilles fines, pieds joliment cambrés, simples sandales de cuir. Était-ce d'avoir été charmante, ainsi, et si fraîche qu'elle était morte ?

Entre le visage, le cou, les épaules, intacts, et les jambes intactes, il n'y avait plus rien qui ressemblât au corps d'un être humain. C'était un champ de bataille. Son corsage bleu et le soutien-gorge crème avaient été mis en pièces par le prédateur. Tout le torse, la poitrine, l'abdomen, étaient tailladés, labourés. Celui qui avait massacré cette fille avait-il utilisé une baïonnette ? Avait-il eu besoin d'une scie pour couper les deux bras ainsi, à mi-humérus, à cinq centimètres en dessous de l'épaule ?

Markowicz chercha de nouveau du regard les membres sectionnés mais il connaissait déjà la réponse : ils n'étaient pas sur la scène de crime. Dévorés ? Non. Impossible. Pas avec une section aussi nette du biceps et de l'os…

Il se redressa.

– Alors, Markowicz ? C'est pour vous ?

L'homme qui venait de lui poser la question s'appelait Flétan, il dirigeait une section de la brigade criminelle affectée depuis ce matin sur cet homicide. Il était commandant de police, et c'était, par ailleurs, un crétin.

– C'est une scène de crime assez évidente, selon moi, répondit-il.

Une section nette des os, pas assez de sang, la disparition des membres antérieurs : de toute évidence, ce n'était *pas* une attaque de goule. Mais Flétan n'avait pas besoin de le savoir… Pas pour l'instant… Le commissaire Markowicz s'accroupit de nouveau, comme il le pouvait avec sa jambe raide. Il passa un doigt sur la joue de la jeune fille morte. Quelle pitié ! Le visage déjà blême lui sembla un instant sur le point de pleurer.

C'était une illusion due à sa propre émotion.

– Bosco, quel est votre avis ? dit-il en haussant la voix pour s'adresser à son adjoint, à qui il tournait le dos.

Le pygmée en blouse blanche fit le tour pour se placer face à lui, le regarda quelques instants, pencha la tête sur le côté, remonta ses lunettes sur le nez, et dit :

– Je suis comme vous, Léon. Je ne peux que supposer, au vu des sévices. Des sévices vraiment *variés*, je trouve…

Contrairement à Flétan, le commandant Jean Bosco Nyirabuhinja était un bon flic et un merveilleux investigateur. Tous les détails de la scène de crime lui avaient probablement sauté aux yeux avant même que son supérieur les remarque. Décontenancé, il attendait maintenant que Markowicz établisse la vérité : il ne s'agissait pas d'une goule, le dossier n'était pas pour eux.

Mais le commissaire n'ajouta pas un mot.

– Oui, approuva finalement Flétan, sans doute troublé par leur dialogue à demi-mot. C'est franchement dégueulasse.

– Le sévice est compris, plaisanta Markowicz à mi-voix. Puis le commissaire se tourna vers Flétan, et mentit :

– Selon moi, c'est un de nos clients. L'analyse des fluides prélevés sur le corps nous le confirmera.

2.

L'assassin masqué était artisan maroquinier, dans le civil. Pour tuer, il utilisait toute une théorie de couteaux et scalpels destinés au travail du cuir, dont les formes diverses introduisaient un peu de variété dans les séquences de meurtres. Chaque fois, la chose finissait pourtant de la même façon : il taillait une boutonnière sur sa victime, de la gorge au pubis, le ventre s'ouvrait et une quantité de sang exagérée (équivalant à la mer Rouge environ), se déversait sur le plancher, les meubles, les murs – et parfois sur l'objectif de la caméra.

Ensuite, le tueur masqué refermait sa victime, et la recousait scrupuleusement. Au début, du moins ; quand il en avait le temps. Mais plus maintenant. Maintenant, il se contentait d'éventrer à tour de bras, une hécatombe, et son travail de psychopathe perdait forcément en minutie.

Le film s'appelait *Leather Killer*.

Il s'agissait d'un *slasher movie* médiocre, et médiocrement horrifique. C'était Fleur, la jolie blonde de 17 ans, qui l'avait choisi. Elle était généralement friande de ce genre d'horreurs de série Z. Mais elle avait cette fois sélectionné le film et la séance dans la perspective, surtout, de se blottir aux moments fatals contre Antonin, le garçon maigre, ombrageux, assis à sa droite. C'est ainsi que les choses devaient se passer à 17 ans, elle l'avait lu ou entendu quelque part.

Espoir vain.

Peine perdue.

Fiasco complet.

Son cavalier sursautait chaque fois que le psychopathe frappait. Si ça continuait, il allait finir par pousser des gémissements en se cachant les yeux.

Fleur soupira.

C'était la première fois qu'ils allaient au cinéma tous les deux. Elle avait attendu une invitation d'Antonin pendant au moins trois semaines – puis, de guerre lasse, elle avait pris l'initiative.

Elle s'était mise en robe d'été, une robe bleu vif sur sa peau déjà bronzée, parce qu'elle comptait sur l'effet induit par ce vêtement, et sur les possibilités d'exploration éventuelle qu'il offrait.

Mais il ne se passait rien.

Elle jeta un œil à la main d'Antonin, désespérément posée sur l'accoudoir qui les séparait, et qui avait progressé centimètre par centimètre vers sa propre main, depuis le début du film, subissant toutefois des reculs aussi brutaux, au gré des rebondissements horrifiques, que les avancées étaient timides pendant les scènes de transition.

Elle soupira de nouveau. On ne s'en sortirait jamais comme ça.

Bon.

Profitant d'une nouvelle scène de carnage, elle se cacha les yeux, poussa un petit cri d'effroi convaincant, et prit dans sa main celle de son « petit copain potentiel », qu'elle broya légèrement, comme en proie à une épouvante sans bornes.

Surpris sans doute, il lui indiqua par une légère pression qu'il était là, qu'elle ne craignait rien. Elle relâcha alors la pression, et posa cette main d'Antonin, retournée, sur sa cuisse frémissante. Lentement, elle retira la sienne, et abandonna celle du garçon, comme une tortue ou un insecte échoué sur le dos et sur sa cuisse nue. La main d'Antonin frémit – suspense insoutenable. Toute l'émotion du monde sembla s'en emparer.

*

Le vertige qu'éprouvait Antonin à la même seconde n'avait rien de commun avec tout ce qu'il avait connu jusque-là. Il était coutumier du danger, savait marcher sur un câble d'acier à plus de vingt mètres de hauteur, sans peur et sans filet. Il connaissait le pouvoir du souffle, de la respiration, sur la maîtrise de tout son corps. Il faisait le vide pour affronter le vide…

Mais cette fois, de vide, il n'était pas question.

Au contraire. C'était dans son crâne une tempête de pensées contradictoires, sidérantes et sans résolution. Et dans son ventre, un maelström.

Sa main était posée, là, stupidement retournée. Il sentait sous elle la peau, la chair de l'être aimé. Frémissante. Chaude. D'une douceur telle, et tellement vivante, ardente, qu'elle en devenait… mon Dieu, si réelle.

Il avait tellement imaginé cela en rêve, depuis l'invitation de Fleur. Il avait joué mille fois la scène. Mais là, maintenant, alors qu'il suffisait de retourner cette main… Comment oser ? Comment risquer tout, et risquer ainsi qu'au dernier instant elle se dérobe, qu'il se soit mépris – que le geste de Fleur ait été un simple mouvement de panique, devant le spectacle dégoûtant de ces meurtres, et qu'elle retire la main qu'elle avait abandonnée ? À l'envers, sciemment peut-être. Pour ne pas qu'il se méprenne.

Oui, il fallait qu'il ne se méprenne pas.

Elle était bien trop… bien trop solaire pour lui.

« Allons, reprends-toi ! »

Antonin songea un instant aux quatre-vingts pages de Stendhal qu'il avait relues hier, avant que Julien ose retirer le gant de Mme de Rênal, et lui prendre la main. Il ne devait rien hâter. Ne pas se montrer grossier, ridicule… Surtout pas… Il retira sa main, la posa sur l'accoudoir, et ressentit alors un gouffre dans son ventre. Le vide, cette fois. La chute.

Il jeta un œil vers Fleur.

Dans l'obscurité, elle le fusillait du regard.

3.

Jobert grinçait des dents, en proie à l'ennui et à l'agacement. Ses deux mâchoires frottaient l'une contre l'autre sans qu'elle s'en aperçoive. La salle d'attente du psychologue – ou psychanalyste, ou psychiatre, ou psychothérapeute, elle ne se souvenait plus – désigné par l'Inspection générale de la Police nationale pour diriger ses séances de « maîtrise de la violence » était entièrement vide. Les doigts de la jeune capitaine tapotaient le magazine qu'elle feuilletait pour tromper l'attente. C'était un de ces torchons de la presse féminine qui expliquaient, essentiellement, comment être belle en maillot cet été (ou l'été précédent, vu la date de parution, mais peu importe). Jobert n'était pas du genre à s'en soucier. Dans son T-shirt gris, elle paraissait maigre comme un chat, plate comme une limande. Ses cheveux noirs étaient filasse, ses mains veineuses, ses ongles rongés, ses yeux rougis ; l'image même de l'épuisement nerveux – et elle n'était jamais allée à la mer.

Jusqu'au mois d'avril dernier (le 1er du mois, exactement, comme une mauvaise plaisanterie du destin), la jeune capitaine avait été un officier excellemment noté au sein de la brigade criminelle : disciplinée, hargneuse. Méchante.

Toujours sur le terrain, nuit et jour, sans distraction, vie de famille ou addiction connues (sinon les amphétamines avalées justement pour ne pas dormir). Ses supérieurs l'affectaient à la traque des criminels, quand on les avait identifiés et qu'ils étaient en fuite. C'est là qu'elle excellait : elle avait du flair, du souffle, le goût du sang.

Plus qu'une enquêtrice, Jobert était une chasseuse, obsessionnelle mais méthodique ; oubliant de manger, de dormir, de parler même lorsqu'elle sentait le gibier aux abois. Un vrai chien de grande vénerie.

On lui demandait de retrouver un criminel, on le lui désignait, et elle le ramenait, menottes aux poignets. Elle aimait ce boulot. Elle se moquait ensuite des mises en examen, des aveux, des procès, ne cherchait pas non plus à récolter les honneurs de l'enquête. Elle n'espérait pas davantage d'avancement, après les arrestations périlleuses – elle avait des besoins financiers très modestes et ne rêvait pas de se retrouver dans des bureaux avec d'autres gradés.

C'était une flic absolument idéale pour tous ses supérieurs.

Mais le 1er avril (une vraie saloperie de poisson, à bien y repenser), elle avait abattu presque à bout touchant deux suspects. Elle pensait qu'ils étaient armés et leur avait dit de lever les mains. Ils ne l'étaient pas et n'avaient pas obtempéré. Le meurtre de deux présumés innocents était une faute – une faute grave.

Sa hiérarchie avait décidé de la mettre au placard, ou du moins au frigo. Après une suspension, on l'avait mutée voici trois semaines dans la « brigade Markowicz », au 36 avenue du Président-René-Coty, très loin du vrai 36 ; de l'autre côté de la Seine ; à l'autre bout du monde. Et on l'avait également astreinte à ces séances particulières, tous les mercredis, dans le bureau de ce psy qui l'interrogeait sur son enfance et lui répondait par des silences.

Rien que de penser à ces séances de « maîtrise de la violence », elle aurait tué la terre entière. À commencer par le thérapeute lui-même.

Sa hiérarchie avait raison.

Elle avait aussi probablement un gros problème avec la colère.

4.

Dans la cour intérieure, sur la « scène de crime », il ne restait plus que les deux flics de la « brigade Markowicz » – le commandant Jean Bosco Nyirabuhinja et son supérieur, le commissaire.

Patrick Flétan et ses hommes étaient partis.

Après leur départ, Bosco avait continué quelques minutes à tourner autour du cadavre de la jeune fille sans bras. Il l'effleurait, la reniflait presque. Il avait besoin de solliciter tous ses sens, en éveil, à l'affût de la moindre curiosité, du plus petit élément de contexte. Il photographiait et classait l'ensemble des détails signifiants dans la bibliothèque de sa prodigieuse mémoire visuelle. Il humait l'odeur de la mort, et aurait presque pu donner, au toucher, l'heure exacte du décès.

Régulièrement, il sortait son cahier à spirale et petits carreaux pour y noter ses observations et ses questions. Émaillant ses constatations, on pouvait y lire ce jour-là les mots :

« *Mise en scène.* »

« *Malhabile, désordonné, amateur.* »

Soit. Il était temps d'arrêter de faire semblant. Il releva la tête et posa la question qui le taraudait depuis près d'une heure :

– À quoi joue-t-on, Léon ? Pourquoi la Brigade prend-elle ce dossier ?

Le Patron n'eut pas l'air surpris mais ne lui expliqua rien. Il étrécit simplement les paupières, ce qui était sa façon préférée de ne pas répondre.

– Vous savez comme moi que cette scène de crime n'en est pas une, ajouta Bosco.

– Oui, répondit cette fois le commissaire.

– La fille a été déposée là après coup, cela saute aux yeux. Les projections de sang sont, d'évidence, une mise en scène. Par ailleurs, les bras de la victime ont été sciés minutieusement.

Léon Markowicz approuva du menton.

– Puisque nous sommes d'accord, que faisons-nous ici ? insista Bosco.

– Le tueur a imité les sévices infligés par une goule, répondit son supérieur, de la voix lointaine qu'il avait quand il méditait. Maladroitement, mais délibérément. Et pour être certain que nous viendrions, il a déposé le cadavre à deux pas de chez nous. Cette fille a donc été tuée par quelqu'un qui souhaitait que nous nous rendions sur les lieux… Peut-être même est-elle morte dans ce seul but.

Ce n'était pas certain. C'était une théorie, probable. Bosco la nota dans son cahier à spirale, en la formulant ainsi :

« *La proximité géographique indique-t-elle que la mise en scène du crime est destinée à la Brigade et/ou à certains de ses membres ?* »

– Vous en déduisez quoi, Léon ?

– Je ne sais pas…

Le Patron avait répondu rêveusement.

– Il aurait pu arracher les deux bras, mais les

a sciés en se doutant que nous le repérerions immédiatement, poursuivit-il. Comme s'il nous prévenait du simulacre, tout en nous attirant. Je voudrais savoir qui cherche à nous avertir, de quoi, et pourquoi…

Bosco nota trois nouvelles questions :

« *Le tueur nous avertit-il ?*

Nous provoque-t-il ?

Nous menace-t-il ? »

On ne pouvait pas le déduire à la vue de la scène de crime. On ne pourrait rien déduire de plus… Bosco décréta donc intérieurement la pause. Il sortit de la poche de sa blouse un des club-sandwichs triangulaires, sous cellophane, dont il avait toujours un ou deux exemplaires, et dont la consommation indiquait qu'il avait fini de travailler. C'était un thon-mayonnaise, son préféré.

5.

Fleur tourna la clé dans la serrure, entra chez elle et se précipita à la cuisine – et précisément au frigo. La canicule de ce début d'été rennais devenait insupportable. Tandis qu'elle avalait une grande rasade d'eau gazeuse et glacée, à même le goulot, une petite voix désagréable, sérieuse, la questionna :

– Alors, vous vous embrassâtes ?

De surprise, Fleur faillit lâcher la bouteille, se retourna : Adélaïde dessinait sur la table de la cuisine, comme elle le faisait toujours, sans lever les yeux de sa feuille – accaparée par cette tâche qu'elle exécutait à petits traits fins, sombres, imitant les gravures sur cuivre rehaussées à l'encre du XIXe siècle.

– T'es là ? grommela Fleur. Préviens, tu m'as fait peur…

– Non, je t'ai surprise, c'est différent… Tu ne peux pas avoir peur de moi, je suis ta sœur.

C'était exact, et précis. Adélaïde détestait l'imprécision.

– Et donc ? reprit la fillette. Vous vous embrassâtes ? Puis vous vous dévêtîtes et vous commîtes le coït ?

Adé avait beau avoir 10 ans à peine, des couettes

auburn, une frimousse enfantine et des grands yeux de sucre candi sous ses lunettes d'écaille, elle adorait les tournures désuètes autant qu'elle haïssait le flou. Elle aimait aussi le passé simple, l'ensemble des subjonctifs, passer des heures à feuilleter le dictionnaire ; elle parlait – et semblait penser – comme une vieille académicienne. Elle dessinait comme un très vieux graveur. Elle *était* vieille bien avant l'âge.

– Qu'est-ce que tu fous là ? demanda Fleur. Tu n'es pas retournée à l'école cet aprèm ? Maman va adorer…

La fillette ne levait toujours pas les yeux du dessin. Elle répliqua d'une voix égale :

– Et toi, tu n'étais pas supposée réviser, la veille de ton bac français, au lieu d'aller en pleine matinée voir un film d'horreur avec ton amoureux ?

– Com… comment tu sais que… ?

– Ce n'est pas ton genre de mettre une robe pour bosser toute la journée dans ta chambre. Or, tu en avais repassé une hier soir. Je suis donc allée nuitamment espionner tes SMS.

La fillette ajouta, d'un ton toujours détaché, sans cesser de dessiner :

– Tu ne verrouilles jamais ton mobile avant de t'endormir.

– Et tu as le toupet de… ?

– Je veille sur toi. Je suis ta sœur.

– Sale peste !

– Moi aussi, je t'adore. Alors, ce baiser, qu'en fut-il ?

– Que dalle. Rien. *Nada*.

– Ah.

Adélaïde avait suspendu son geste – mais le feutre reprit l'instant d'après son travail obstiné.

– Il n'en avait pas envie, ou crois-tu qu'il a deviné que tu ne l'aimais pas ?

– Comment tu veux que je sache… Il est aussi timide que… Mais… mais merde, Adé ! Tu n'as rien de mieux à faire que de vivre ma vie par procuration ?

Adélaïde releva enfin la tête, vivement :

– Tu rigoles ? Mon père est infirme, alcoolique et chasseur de psychopathes. Ma mère a quarante-cinq ans, des tas de névroses dont elle connaît le nom par cœur, mais cela ne l'empêche pas de passer ses soirées en ville à draguer pour oublier qu'elle est inconsolable. Et ma sœur a décidé de s'envoyer en l'air avant les vacances…

La fillette rangea soigneusement ses cinq feutres noirs, aux pointes de diamètres légèrement différents, dans sa trousse de cuir fauve. Elle se leva, déchira son dessin en petits morceaux, de telle sorte qu'il aurait été impossible de le reconstituer si quelqu'un en avait eu l'intention.

– Et tu voudrais que moi, au lieu de profiter du spectacle, je perde mon temps à jouer aux Playmobil ? ajouta-t-elle, avant de quitter la cuisine.

Une heure plus tard, Fleur la rejoignit dans sa chambre. Adélaïde était allongée sur le lit. Volets clos, sa lampe de chevet allumée, les deux bras tendus au-dessus de sa tête, elle lisait un de ces livres que son père leur avait laissés.

– Antonin… Tu crois que je ne l'aime pas ? demanda Fleur. Tu crois vraiment que j'ai juste décidé de m'envoyer en l'air avant les vacances ?

– Je ne sais pas, répondit Adé en tournant une page. Toi, qu'en penses-tu ?

Fleur réfléchit un instant, mais ne développa pas. Elle dit :

– Tu ne diras rien à maman, pour le ciné ?

– Ça dépend… Tu me fais goûter une cigarette ?

– Je n'en ai pas.

– Tu ne fumes plus ?

Fleur secoua la tête.

– Ah, ajouta Adé, à regret, tant pis. Je suppose que c'est mieux pour ta santé.

Elle réfléchissait tout en parlant et sans cesser de tourner régulièrement les pages.

– Je ne dirai rien à maman, dit-elle finalement. Comme toujours. Et je veux bien arrêter de regarder dans ton téléphone… Mais à une condition.

– Laquelle ?

– Tu me dis tout sur tes amours. Toute la vérité. Tu ne me caches rien. Tu m'en exposes toutes les étapes, et tous les rebondissements. Je suis ta sœur…

– Dans tes rêves ! répondit Fleur en se levant avec vivacité.

Elle sortit en claquant la porte.

6.

Jobert entra dans la salle de brigade entièrement déserte. C'était habituel au 36, avenue du Président-René-Coty. Depuis qu'elle avait été mutée ici, elle n'avait jamais aperçu le moindre officier tapotant à deux doigts son rapport sur un ordinateur. Aucun subalterne ne venait apporter des dossiers, en classer d'autres. Aucun téléphone ne sonnait dans le vide. Il n'y avait pas de mission. Aucune affaire. Pas davantage de flics. Rien.

Elle s'installa à son bureau, vit un mot griffonné sur la porte de communication avec la salle de commandement, se releva.

« *Sommes sortis. Revenons.* »

C'était sibyllin, de l'écriture pattes de mouche, à l'encre violette, du commandant Nyirabuhinja. C'était informatif mais surprenant. Normalement, le numéro deux de sa nouvelle brigade ne sortait que pour aller déjeuner et goûter. Et il ne parlait pas de lui en utilisant le « nous » de majesté.

Elle relut. « Sommes sortis », au pluriel…

Il n'y avait aucun autre officier que Bosco, Markowicz et elle-même dans cette brigade.

Elle avait entendu l'homoncule citer quelques noms, avait aperçu trois fois un type maigre et chevelu, coupé façon afro, qui venait vers la fin de journée et que Bosco appelait « Jimi Hendrix » (un surnom, sans aucun doute). Mais elle n'avait croisé aucun flic, hormis son commandant. Pas de doute, « sommes sortis », cela voulait dire que le commissaire lui-même avait quitté son bureau.

Cela ne s'était jamais produit.

Il l'avait accueillie le jour de sa mutation-sanction, brièvement, dans le bureau de son adjoint. Il avait eu pour elle quelques paroles méfiantes puis était allé s'enfermer « chez lui ». Dans sa tanière. Là où personne, hormis Bosco, n'entrait jamais – sauf peut-être la femme de ménage aux cheveux blancs tirant sur le bleu (couleur hortensia malade, disons) que Jobert voyait vaquer un matin sur deux lorsqu'elle arrivait. Markowicz ne convoquait jamais aucun briefing. Il était déjà là, cloîtré, quand elle arrivait le matin ; il s'y trouvait quand elle repartait, dix heures plus tard. À croire qu'il dormait ici.

Une idée folle s'insinua dans le cerveau de Jobert. Folle, mais tentante.

Et si elle profitait de l'absence conjuguée de ses deux supérieurs pour aller jeter un œil dans ce mystérieux bureau ?

Elle dressa l'oreille, balaya une énième fois des yeux ce décor qu'elle connaissait par cœur à force d'y lanterner. Le 36 avenue du Président-René-Coty avait peu de choses à voir avec des locaux de police. C'était un ancien appartement bourgeois, sis au premier étage d'un immeuble ordinaire, et les flics s'étaient installés là sans prendre le temps d'effacer les stigmates des précédentes occupations. La vaste salle de brigade, constituée par les anciens salon et salle à manger, donnait immédiatement sur le hall de réception : parquets à bâtons rompus, rideaux empesés, cheminée de marbre surmontée d'un grand miroir et d'un trumeau à moulures… Les murs de la cuisine portaient encore la trace poussiéreuse des anciens placards. On pouvait s'y faire du café et du thé et y réchauffer ses repas dans le micro-ondes, mais la moitié de l'espace était désormais occupée par des sacs plastique qui, selon le commandant Bosco, étaient pleins de «pièces à conviction». Jobert avait eu la curiosité d'y jeter un œil, elle était tombée sur un projecteur diapo Carousel et une collection de photographies apparemment pornographiques, puis sur des boîtes de prélèvements scientifiques dont certaines contenaient des ossements humains.

À l'autre bout de la «salle de brigade», une double porte vitrée permettait d'accéder à la salle de commandement – «l'espace nuit», aurait dit un agent immobilier.

Le bureau de Bosco avait été une chambre. Celui de Markowicz également, sans doute, qui communiquait avec le précédent, en enfilade, de sorte qu'il était impossible de pénétrer chez le Patron sans passer d'abord sous les yeux de son adjoint…

Le capitaine Jobert cessa son petit tour de réflexion et se jeta à l'eau. C'est-à-dire qu'elle entra dans le bureau de Jean Bosco Nyirabuhinja. La pièce était un hymne à la sobriété policière. Des murs gris souris. Un parquet sombre. Une propreté irréprochable. Pas une photo, pas une image, pas un portrait sur le bureau – pas même la fantaisie d'un P-V ou d'un article de journal accroché aux murs, témoignant d'une affaire difficile ou retentissante. Un mobilier anonyme, des dizaines de tiroirs, des meubles de classement fermés, ordonnés, étiquetés, portant les mentions qu'elle avait eu le temps de remarquer lorsque Bosco la convoquait à la fin de chaque semaine. Certaines étiquettes étaient surprenantes : « *Cannibalisme* » ; « *Psychopathologie des victimes* » ; « *Peurs collectives* » ; « *Exorcismes* » ; « *Soins dentaires* » ; « *Déguisements et costumes* »…

Jobert aurait adoré ouvrir ces tiroirs pour en détailler le contenu, mais elle ne savait pas le temps dont elle disposait – il fallait se concentrer sur l'essentiel. La pièce du fond, le saint des saints.

Le bureau du commissaire Markowicz.

Elle s'arrêta devant la porte, inspira, appuya sur la clenche, ouvrit.

Le bureau avait été une chambre, autrefois, de belles proportions.

Le papier peint était composé de motifs assez lourds, d'un vert empire rehaussé d'ors fanés et de brun. L'essentiel des murs était couvert d'affiches de films eux aussi anciens, sans qu'il soit possible de deviner si leur occupant actuel les avait accrochées lui-même ou s'il les avait conservées là en s'installant dans ses meubles. *Rio Bravo*, *Magnum Force*, *Tightrope*, *Snake Eyes*… Les titres ne disaient rien à Jobert, mais à en juger par les images et les noms des acteurs, les films avaient pour la plupart une bonne quarantaine d'années, voire davantage. Elle sourit en lisant le nom de Clint Eastwood sur deux des affiches, se souvint que c'était le surnom de Markowicz, à la brigade criminelle. « Clint Eastwood ». Léon Markowicz avait été une légende de la police, un flic admiré et redouté, *autrefois*. À l'époque où il était le numéro deux de la Crim, son seul nom suffisait à effrayer les criminels, sa hiérarchie et ses collègues.

Apparemment, Jobert avait fait sa connaissance cinq ans trop tard…

Elle tendit l'oreille quelques instants, regarda sa montre et décida arbitrairement de se donner encore dix minutes d'exploration.

Au centre de la pièce, il y avait un bureau massif décoré d'un sous-main de cuir vert. Les tiroirs étaient fermés, les clés sur leurs serrures, mais elle n'osa pas les ouvrir. Elle balaya d'un regard rapide les étagères couvertes de livres et de plusieurs piles de cassettes vidéo VHS (des VHS !).

Deux portes, à main droite. Elle ouvrit la première. C'était une pièce exiguë et aveugle, probablement un dressing autrefois. Un lit de camp y était dressé, à côté duquel gisaient deux cadavres de bouteilles vides.

C'était donc là que dormait son supérieur, l'explication de sa présence permanente sur les lieux.

Et l'alcool était probablement l'explication de son apathie.

La deuxième porte ouvrait sur un cabinet de toilette, encombré lui aussi de sacs plastique jusque dans la baignoire. Seul le lavabo semblait utilisé. Posé sur une tablette au-dessus de l'évier, à côté d'un nécessaire de toilette et d'un rasoir jetable, elle reconnut un bain de bouche, de la marque qu'utilisait son père à l'époque pour masquer son haleine alcoolisée.

Elle s'apprêtait à s'intéresser au contenu des sacs plastique lorsqu'elle entendit du bruit, à l'entrée de la Brigade.

Elle fit volte-face, traversa en courant le bureau de Markowicz, ferma la porte derrière elle et ouvrit, au hasard, le premier tiroir qui lui tomba sous la main, dans celui du commandant Bosco.

Au même moment, ses deux supérieurs entraient dans la pièce.

Elle se retourna en rougissant.

– Vous avez des problèmes affectifs en ce moment, capitaine ? demanda Bosco.

Elle jeta un œil à l'étiquette du tiroir qu'elle venait d'ouvrir, et s'empourpra encore davantage. Le dossier suspendu s'intitulait : « *Dévoration amoureuse* ».

Deuxième jour

7.

Léon Markowicz se leva d'assez égale humeur – cela faisait des semaines qu'il buvait tous les soirs dans son bureau jusqu'à s'abrutir puis titubait vers le réduit, où il laissait tomber sa carcasse de colosse sur le lit de camp. Son sommeil d'ivrogne, entrecoupé de rêves cruels, d'éveils brutaux, ne lui laissait en général au réveil qu'amertume et désillusions.

En ce matin précis, il avait soif, en outre, les lèvres sèches, un goût de cendres dans la bouche. Les habituelles séquelles de l'Accident le tourmentaient, les plaques de titane qui « reconstruisaient » sa jambe semblaient jouer entre elles toutes les nuits. Une douleur assez précise et entêtante vrillait par ailleurs ses tempes – comme si on lui rivait une vis juste au-dessus de l'oreille gauche, dans la boîte crânienne, avec l'objectif d'atteindre la paroi opposée au-dessus de l'oreille droite. Gueule de bois.

Sans sa canne, en s'appuyant au mur, il se rendit jusqu'au cabinet de toilette et se dévêtit malaisément. Il savonna ses aisselles, son torse, son entrejambe, qu'il rinça au gant avant de se sécher. Il se lavait ainsi, debout devant le lavabo, par nécessité (sa jambe infirme compliquait les choses dans la baignoire) et également par goût.

Il aimait les choses « à l'ancienne ». Elles avaient un caractère éprouvé.

En se penchant pour apercevoir son visage dans le miroir, il se rasa, coupa deux ou trois touffes de poils qui jaillissaient de ses oreilles, vérifia le blanc jaunâtre de ses yeux. Un commissaire devait être présentable, et c'est ce qu'il était. Usé, mais présentable, aurait dit Anne-Cé. Impressionnant, même, ajoutait-elle autrefois, avec dans l'œil une nuance coquine. Il faudrait qu'il pense finalement à planter un autre clou et à fixer le miroir vingt centimètres plus haut. Il se le disait chaque matin.

Après être revenu dans le cagibi, il enfila des sous-vêtements propres et une chemise repassée, accrochée dans l'armoire par Gilberte, remit le costume noir qui ne le quittait jamais, puis la cravate noire – son « costume d'enterrement », disait Anne-Cé. Entrerait-il aujourd'hui dans celui qu'il s'était fait tailler sur mesure (et quelles mesures !) le jour de son entrée dans la police judiciaire, au grade de commissaire, il y a vingt ans ? Il avait épaissi, un peu, perdu de la nervosité, sinon de la vigueur… La faute à cette patte folle qui l'empêchait de faire de l'exercice.

La douleur dans son crâne persistait, semblant s'accentuer à chaque mouvement de tête.

Il décida de s'en jeter un petit, prit sa canne et alla s'asseoir à son bureau. Il ouvrit le tiroir supérieur droit et en sortit la bouteille de whisky tasmanien qu'il y conservait. Son verre, sale de la veille, était resté posé là. Il se servit une rasade généreuse, l'avala d'un trait, en serrant les dents. « Soigner le mal par le mal. » Anne-Cé disait déjà qu'il était alcoolique, il y a onze ans, trois ans avant de commencer à le tromper. Avant qu'ils se quittent.

Il ferma les yeux quelques instants, attendit que le poison fasse son effet. Il se roula maladroitement une cigarette, trop épaisse en son centre, et ouverte sur un côté, essaya de rattraper le coup avec une deuxième feuille.

Puis, il sortit l'ordinateur qu'il gardait dans le tiroir de son bureau et vérifia les P-V, les dépôts de plainte, les instructions et les mains courantes qu'avaient enregistrés la veille ses collègues de Rennes. C'était une habitude prise depuis dix ans, à laquelle il s'astreignait tous les jours, matin et soir.

Après quelques minutes de cette consultation, il repoussa l'ordi et reprit sa lecture de la veille là où il l'avait laissée – du moins là où il se souvenait l'avoir laissée, avant l'ivresse, brève, puis la longue ivrognerie.

*

Lorsque le réveil sonna, Anne-Cé mit quelques secondes à s'extraire de son rêve. Elle fit le point, tâta le matelas, à côté d'elle, pour constater qu'elle dormait seule – comme toujours. Si le Dr Freud avait entendu le compte rendu de ses rêveries nocturnes, il aurait certainement secoué la tête avec indulgence, ou ricané bêtement. Mais elle n'avait pas besoin du Dr Freud pour savoir que Markowicz lui manquait chaque matin.

Elle se leva, fit un quart d'heure de gymnastique, en sous-vêtements, sur le parquet clair de sa chambre.

Quand elle eut fini ses exercices d'assouplissement et de musculation douce, un léger film de sueur couvrait son front, son dos, sa nuque sur laquelle quelques mèches collaient. Elle restait une très belle femme pour son âge. C'est ce que lui disaient ses amants, nombreux et empressés – dans cinq ans, elle se doutait qu'ils seraient un peu moins nombreux; mais qu'importe. Qu'importe, parce que ce qui lui manquerait alors lui manquait déjà aujourd'hui. Un homme. Son homme. L'homme avec qui partager le poids du jour, le sommeil, les soucis, l'inquiétude pour ses filles, le temps qui passe et la vieillesse qui point, qui menace, qui rassure aussi. Un homme colossal, ni forcément beau ni forcément doux. Un homme hanté et puissant, emporté et excessif, qui avait cru bon de l'éloigner pour la protéger et qui avait fini, ce faisant, par la perdre.

Markowicz les avait installées toutes les trois à Rennes, voici dix ans. Parce qu'il avait peur pour elles, qu'il redoutait une vengeance. Ses filles ne portaient pas son nom pour la même raison. Il les avait mises à distance pour les protéger de la fange dans laquelle il devait patauger. Elle avait fini par le tromper, voici huit ans. Il ne le lui avait pas pardonné. Elle l'avait quitté.

Chaque matin, depuis, elle se disait qu'elle avait fait ce jour-là la plus grosse connerie de sa vie. Et chaque fois qu'elle prenait un amant, elle espérait, l'espace de quelques soirées, qu'il occuperait la place. Mais elle ne lui en accordait pas l'occasion, elle n'en mettait jamais aucun dans le lit conjugal et n'avait pas découché une seule fois. Le Dr Freud appelait cela une névrose – la répétition des échecs.

Elle s'en foutait d'être névrosée. C'était un trait universel, et mieux valait être lucide.

Elle se rendit, sur la pointe des pieds, jusqu'au cabinet de toilette. Elle ne voulait pas réveiller ses deux filles, elle ne se sentait pas en état de les affronter.

Ses mauvais rêves, sans doute…

8.

Fleur ouvrit un œil prudent, puis un deuxième assez péremptoire. Ensuite, elle battit de ses jolies paupières sous l'assaut du soleil. Apparemment, il faisait déjà beau ; il ferait chaud bientôt, elle le devinait à la luminosité déjà vibrante dans la chambre. Avant de se lever, elle consulta le téléphone mobile qui sommeillait sur sa table de nuit : Antonin lui avait laissé de nouveaux SMS – elle en comptait une bonne douzaine, de plus en plus résignés, depuis la veille.

Il avait été stupéfait, disait-il, de la colère qu'elle avait manifestée à la sortie du cinéma, et de leur séparation précipitée.

Il ne pouvait se faire à l'idée, écrivait-il, qu'ils ne se verraient plus jamais.

Ne se reverraient-ils plus jamais ?

Elle ne lui répondit pas davantage qu'elle ne l'avait fait au cours des dix-huit heures précédentes. Elle préféra sauter du lit, enfila un pantalon de pyjama, se rendit à la salle d'eau et se brossa les dents.

– Résumons les questions, dit-elle ensuite à voix haute.

Quel meilleur endroit pour ça que devant le miroir ?

Son initiative cinématographique de la veille, hardie, était peut-être le résultat de ses sentiments.

À moins qu'elle ne procède du dépit qu'elle éprouvait de ne jamais avoir eu un petit copain. Ou de l'impatience qu'elle avait, à 17 ans, de passer enfin ce cap ? Sa mère disait qu'elle manquait de patience, en général. Mais sa mère pouvait-elle sérieusement être considérée comme une boussole dans le domaine amoureux ?

Après tout, Fleur n'était peut-être pas faite pour ça ? Pouvait-on « ne pas être faite pour ça » ?

Tout en faisant le point, elle constata avec dépit qu'elle avait deux nouveaux boutons d'acné sur le front, entre les sourcils. Ça, c'était un souci concret. Narcissique, certes, mais tangible.

– Le cadet de tes soucis concrets, ou le concret de tes soucis ? se moqua-t-elle.

Elle fit une grimace, loucha, se trouva moche, puis pas si mal, puis re-moche. Infréquentable ? Charmante ? Ingrate ?

– Reprenons, je vous prie…

Il y a trois semaines, elle avait décidé qu'elle aurait un petit copain, vaille que vaille, avant la fin de l'été. À cette échéance :

1 – ils se seraient embrassés ;

2 – ils auraient échangé des serments ;

3 – ils se seraient promenés main dans la main, à la tiédeur suave d'une nuit d'été bleu roi ;

4 – ils auraient fait ce qu'ils avaient à faire, sous les draps, dans les foins ou ailleurs – et on n'en parlerait plus !

Et ensuite ? Ma foi, ensuite, ils rompraient… À moins que… Si elle était vraiment amoureuse…

On verrait bien, ensuite. Ce n'était pas la question la plus urgente. De toute façon, apparemment, être amoureuse n'était pas le point crucial. Sauf si on envisageait qu'on pût tomber amoureuse de plusieurs garçons et/ou filles en même temps, ou successivement mais dans un laps si court que, pour sa part, elle doutait qu'on puisse appeler ça de l'amour.

Parce que l'amour, c'était une fois pour toutes, pour toujours, non ?

Ça non plus, ce n'était pas la question.

La question la plus urgente était de *le faire*.

Soit.

– Et si l'erreur, dans ce cas, c'était de choisir Antonin ? suggéra-t-elle à son reflet.

Oui, après tout, peut-être la bévue consistait-elle à avoir envisagé la chose avec Antonin…

De toute évidence, il était fou amoureux d'elle. Elle-même avait des sentiments, ne le cachons pas. Cela compliquait les choses. Mais la fureur qu'elle avait éprouvée hier, quand la main d'Antonin était restée éperdue sur sa cuisse sans qu'il ose la retourner, était-ce du dépit amoureux ? La profonde vexation qu'il ne profite pas d'une situation si favorable ? Ou la simple exaspération de ne pas parvenir à ses fins ?

– C'est une excellente question, et je me remercie de me l'être posée, dit-elle. Ou de me l'avoir posée ?

Renonçant à dissiper le doute concernant cette conjugaison, elle s'attaqua au cadet de ses soucis tangibles et narcissiques – les boutons d'acné – à grand renfort de crème exfoliante.

Une demi-heure plus tard, elle descendit enfin à la cuisine.

Il n'y avait pas un bruit dans la maison, Adélaïde dormait encore. Et sa mère partait tôt, en ce moment, autant qu'elle rentrait tard. Surcroît de boulot, ou nouvel amoureux ? Elle avait laissé un mot sur la table de la cuisine, à côté des céréales. « *Bonne chance pour ton oral, ma chérie ! Épate-les !* »

Fleur réalisa qu'elle avait tout à fait oublié : ce jeudi matin, elle passait le bac…

9.

Le commissaire lisait maintenant depuis une heure. Ou plus exactement il relisait, et aurait presque pu réciter les pages.

Tout, dans John Steinbeck, méritait qu'on s'y attarde. C'était un écrivain tantôt de la tragédie, tantôt du divin, tantôt de l'apparente trivialité – la chaleureuse humanité des hommes… Et dans cette œuvre ample, il y avait l'ouvrage étrange que Markowicz avait choisi ce matin, qu'il choisissait toujours en pareilles circonstances. Souvent négligé par les connaisseurs, relégué aux lectures adolescentes, *La Perle* racontait l'histoire de l'Indien Kino, confronté à la découverte de « la perle du monde », et pour qui cette pêche miraculeuse allait signifier le drame : la perte de son bateau, de sa maison, de son enfant, de tout ce qui faisait son quotidien modeste, âpre mais heureux.

Markowicz avait lui-même fait l'expérience de tout perdre – sa maison, sa femme, ses filles, sa jambe valide, l'espoir de terminer sa carrière de Grand Flic à une place de Grand Flic. Il n'avait donc pas besoin d'un point de vue de moraliste sur ce désastre. Ce qui l'intéressait au plus haut point dans le livre, c'est qu'en différents chapitres, l'Indien Kino, à cause de sa culture yuman, *entendait* des chansons dans son crâne – « chanson de la famille », « chanson de la perle », « chanson du danger » ou « de l'ennemi »... C'était comme des intuitions, qui le prévenaient de ce qui allait survenir. Markowicz n'avait jamais trouvé une description plus juste de ce que lui-même ressentait – et qu'on appelait son instinct, son flair, son « sixième sens ». Hier midi, dans la cour intérieure, devant le cadavre de la jeune fille éventrée et démembrée, il avait entendu la chanson de l'ennemi, et celle de la famille. Elles s'entremêlaient. Cela signifiait que quelqu'un en voulait à la famille – sa brigade, en l'occurrence, puisqu'il n'avait *de facto* plus de famille.

Les intuitions de Markowicz avaient parfois dirigé ses enquêtes. C'était à la « chanson du danger » qu'il avait dû également plus d'une fois de rester en vie : elle le prévenait, quelques instants avant que le danger ne frappe, même si elle ne l'avait pas averti assez tôt le jour de l'Accident.

Mais il avait perdu une jambe, pas sa peau...

D'autres fois, en revanche, les intuitions étaient fausses. Souvent, elles induisaient chez lui une méfiance excessive – Anne-Cé disait : « Pour toi, le pire est toujours sûr », et sans doute n'était-ce pas inexact.

Une seule fois, il avait fait preuve d'illusion, d'optimisme. En aimant Anne-Cé, en concevant leurs deux filles avec elle, en pensant pouvoir les protéger, quitte à les garder à distance – et il s'était trompé. Elle l'avait trompé.

Depuis, le pire était survenu. Et maintenant, il était bancal.

Il avait 50 ans, mais à quoi servait-il depuis cinq ans ? Et à qui, depuis huit ?

De nouveau, il en revint à Anne-Cé et à ses deux filles.

C'était foutu.

Il préféra se concentrer sur l'intuition de la veille, retourna le livre sur le sous-main et commença à fumer. Pourquoi quelqu'un s'amusait-il ainsi à imiter les goules dans la rue des Artistes, presque au pied de son immeuble ? Et quels dangers éventuels cela pouvait-il représenter pour sa brigade ?

Les yeux mi-clos dans la fumée, il ne bougea plus. Immobile. Le tabac l'aidait à penser. Il se repassait en boucle tous les détails – la scène de crime, l'attitude de Flétan, le visage surpris et rigide de la victime, celui du capitaine Jobert à leur retour, rouge comme une pivoine. Elle avait laissé ouvertes la porte de sa chambre et celle de la salle de bains…

Oui, sans doute, s'il y avait un détail incongru dans le tableau, c'était elle.

À cet instant, on se racla la gorge, et Markowicz prit conscience qu'une silhouette occupait la moitié de l'embrasure (en largeur comme en hauteur) de la porte. Le commissaire n'avait pas entendu entrer son adjoint.

*

– Excusez-moi, Léon. Cela faisait une minute que je frappais.

Le Patron avait sursauté, et rangea prestement le livre qu'il était en train de feuilleter. Il glissait toujours ses romans en cours dans le tiroir de gauche. Tiroir de droite, c'était l'emplacement du whisky… Bosco devina qu'il avait encore bu hier soir, comme en témoignaient les ronds de verre multiples sur le sous-main de cuir, et le verre encore gras d'alcool. Il sourit finement, attendit encore quelques secondes pour voir si Markowicz serait tenté de fournir un alibi à son « absence » – mais plisser des yeux dans la fumée de sa cigarette mal roulée constituait, une fois de plus, l'explication suffisante.

Bosco ajouta donc :

– Nous vous attendons pour le briefing sur la rue des Artistes.

– Ah…

Le Patron jeta un œil à sa montre, surpris sans doute qu'il soit déjà l'heure. Quand il s'égarait dans ses lectures et ses « pensées de bureau », il perdait aussi la notion du temps.

– Qu'est-ce qu'on fait vis-à-vis de la Brigade, commissaire ? Et de notre jeune collègue ? On fait comme si on y croyait ?

Markowicz ne répondit pas exactement à la question.

– J'étais précisément en train de réfléchir à notre nouvelle recrue, dit-il.

– Elle est dans la salle de brigade, avec les autres.

– J'imagine. Depuis que nous avons trouvé ce cadavre d'hier, j'ai le sentiment que quelque chose menace la Brigade. Du coup, j'ai pensé à elle.

Bosco ne s'étonna même pas de ce raisonnement boiteux. Ce qui l'inquiéta, et le rassura en même temps, c'est que le commissaire venait de lui révéler son intuition : une menace pesait sur la « brigade Markowicz ». C'était donc pour cela qu'on continuait cette enquête alors qu'il ne s'agissait pas d'une attaque de goule…

– Votre avis, Bosco ? insista le Patron. On peut s'appuyer sur elle ?

Le quasi-nain se racla la gorge avant de répondre.

– J'ai lu les rapports d'évaluation, après sa suspension. Les psychiatres parlent d'explosions infantiles de violence, d'émotivité excessive, et de rage incontrôlable.

– Conneries de psy. Vous, qu'en pensez-vous ?

– J'en pense qu'avec un tel bilan, elle aurait dû être virée. C'est une grenade à fragmentation prête à exploser. Alors, de deux choses l'une : soit on nous a refilé la capitaine Jobert pour qu'elle nous pète dans les mains…

– Soit… ?

– … Soit quelqu'un a estimé au contraire qu'elle méritait une deuxième chance – et ce protecteur a pensé que chez nous, elle pourrait la trouver.

« Ce qui me semble un pari hasardeux… », songea le pygmée, sans rien en dire.

– Une idée sur l'identité de cet éventuel protecteur ?

– Aucune pour l'instant. Mais autre chose m'intrigue. Plusieurs rapports de psychiatres évoquent la fusillade du 1er avril comme si c'était la deuxième fois que Jobert attentait à la vie de quelqu'un.

– Laissez tomber, commandant, dit le commissaire. Je n'aime pas qu'on fouille dans le passé de mes flics.

Bosco approuva des paupières. « Parce que vous n'aimeriez pas qu'on fouille dans le vôtre, non plus », compléta-t-il intérieurement.

– Nous y allons ? suggéra-t-il.

Le commissaire se leva de son fauteuil, posa un instant les poings sur son bureau, penché en avant.

Il sembla marquer une pause, appuyé sur ses phalanges, comme l'aurait fait un gorille juste avant de charger. Bosco sourit à cette analogie. Enfant, il avait vu plusieurs fois les gorilles des montagnes, dans les forêts de nuages, au-dessus du pays des Mille Collines. Lorsque les chasseurs-cueilleurs s'approchaient trop près des groupes de grands singes, les mâles dominants entraient dans des éruptions de colère. À cette époque, Bosco estimait que rien ne pouvait être plus effrayant.

10.

La salle de brigade pleine de flics, c'était inédit. Le commandant Bosco était en train de terminer son premier compte rendu de la rue des Artistes : ses constatations sur la scène de crime, ses premières hypothèses, les questions en suspens…

Le commissaire fumait silencieusement, après avoir longuement essayé de se rouler une cigarette décente. Les quatre « lieutenants » écoutaient.

Jobert demeurait en retrait, assise à son bureau, à côté de la fenêtre. Ainsi, elle embrassait tous ses nouveaux « collègues » d'un seul coup d'œil. Elle avait déjà entraperçu le lieutenant Toussaint Fermeture, le seul « officier permanent » à part elle – si on pouvait parler de « permanence » pour un type qu'elle avait croisé trois fois. C'était un type bizarrement balancé, large d'épaules, de cou, mais maigre pour le reste, le visage creusé, les traits moqueurs cependant et l'allure dégingandée, sacrément juvénile – 25 ou 26 ans tout au plus –, la peau café au lait, débraillé, les cheveux en pétard (de rastafari). « Jimi Hendrix », comme ses collègues le surnommaient, portait un jean raide de crasse et un T-shirt rouge floqué du slogan « *No woman / no crime* » sous la photo d'une victime à la morgue. Charmant. Les pieds croisés sur un bureau (des pieds nus ! dans des tongs de plage !), son pétard (de flic) dans un holster de hanche, il semblait ne prêter qu'une attention distraite au topo. Régulièrement pourtant, le commandant Bosco se tournait vers lui, comme pour attendre son avis, avant de reprendre.

Les trois autres lieutenantes, surnommées collectivement par Jimi « les Parques (de stationnement) » quand on les lui avait présentées, étaient des « free lance », employées par la Brigade « selon les besoins », lui avait expliqué Bosco – et comme le statut d'officier de police à titre provisoire n'existait pas, Jobert doutait de la réalité de leur grade.

Elles étaient aussi différentes qu'il était possible – d'âge, d'apparence physique, d'attitude.

Gilberte Fallada était la plus âgée. Elle portait des lunettes à cordon et ses cheveux blancs tiraient, teinture ratée, sur le bleu hortensia – oui, la même couleur que ceux de l'agent d'entretien, puisqu'il s'agissait en fait de la même personne, ayant connu en quelques heures une promotion fulgurante… Ce matin, elle n'était pas venue à l'heure du ménage. Elle était arrivée avec les autres, s'était assise à son bureau puisqu'elle en avait un, après avoir fait un tour de la Brigade, rangé les emballages vides qui traînaient, classé les mémos et les fax (des fax !) en désordre. Et maintenant, elle prenait en note l'ensemble du propos, attentive comme une greffière, sur une antédiluvienne machine à écrire portative Silver Reed 100.

Willa Ducret avait l'air plus jeune encore que « Jimi Hendrix ». Des cheveux très courts, roux carotte, quelques taches de son sur le nez et les épaules (elle portait un marcel blanc qui les dénudait jusqu'aux omoplates) ; un pantalon de treillis kaki, des brodequins de chantier, un bracelet brésilien au poignet. Elle dégageait une impression sportive, saine et sympathique, un peu masculine. Quand Bosco les avait présentées, elle lui avait secoué la main avec vigueur, en lui donnant son grade tout à fait réglementairement : « Bienvenue, capitaine ! » De là à dire qu'elle avait l'air d'une flic…

C'était encore moins le cas concernant la troisième. Anna Brun, grande, mince, aussi brune que l'indiquait son nom, était tirée à quatre épingles – impeccablement coiffée, fardée, pommadée, sanglée dans un tailleur crème, parfumée comme un jardin de lis, perchée sur des talons vertigineux. Elle écoutait le compte rendu en se limant les ongles. Parfois, elle soupirait en levant les yeux au ciel. Le seul moment où elle avait interrompu sa manucure, c'est lorsque Bosco avait diffusé les photos du cadavre, en gros plans successifs, sur l'écran. Elle avait alors chaussé des lunettes de créateur, pour regarder le spectacle avec une curiosité que Jobert trouva presque malsaine.

Mais bon sang, où donc Jobert était-elle tombée ?

Le commandant Bosco en arrivait à ses conclusions. Le cadavre de la rue des Artistes était le premier qui les concernât depuis un mois. Le corps de la fille faisait penser, selon lui, à la victime d'une goule. La scène de crime ressemblait à celle d'une attaque de goule…

– OK… Donc, on fait quoi, Gimli ? l'interrompit « Jimi », qui se curait les dents avec une allumette. On attend une confirmation scientifique ?

– Officiellement, oui. L'analyse des fluides a été demandée en urgence, mais ils feront traîner, comme d'habitude. On devrait avoir la confirmation après le week-end.

Se tournant vers Jobert, le pygmée (qu'on appelait donc officieusement « Gimli ») ajouta :

– Le procureur ne nous délègue le boulot que si on retrouve de la bave de goule sur le cadavre. Cela pourrait prendre vingt-quatre heures, mais en général, nous concernant, la police scientifique laisse traîner les choses.

– Ah, fit-elle.

Et elle se sentit rougir. Tout le monde la regardait. Elle se demanda si elle devait ajouter quelque chose mais ne trouva rien de pertinent à dire.

– OK, abrégea Jimi. Alors, les filles, va falloir vous bouger, en attendant…

Il bondit sur ses pieds et tapa dans ses mains.

– Maman, tu commences par nous faire un brin de ménage, parce que ça fait un mois que personne ne travaille sérieusement dans cette baraque. C'est un peu le bordel, là…

– Phallocrate ! protesta Gilberte, qu'on appelait donc « Maman ».

Jimi ne répondit pas à l'accusation.

– Anna ? enchaîna-t-il.

La parfumée leva les yeux des ongles qu'elle s'occupait à vernir de rouge vermillon.

– En attendant les rapports, tu te consacres aux photos de médecine légale… Tu regardes ce qu'elles t'inspirent et tu nous vends du rêve. OK ?

Elle approuva.

– Quant à toi, Willa, pas de taf sans commission rogatoire. Mais si tu as envie de prendre l'air, tu peux parfaitement faire le tour des commerçants pour leur montrer la bobine de notre victime et savoir si quelqu'un la connaît, si elle a un nom, une adresse…

– À tes ordres, Jimi.

– Ah… Et maintenant, « Diane de Moitié ». Notre petite nouvelle… Commençons par le commencement… Puisque tu es la seule à passer tes journées ici, tu as sans doute déjà récupéré les rapports de voisinage et de police scientifique de la Crim ?

Jobert comprit que Jimi lui parlait lorsqu'elle vit que tout le monde la regardait de nouveau. « Gimli », « Maman », et maintenant… « Diane de Moitié » ? C'était quoi, ce surnom ? Elle essaya de rappeler son grade à son interlocuteur.

– Non, lieutenant, dit-elle sèchement. Je n'ai rien reçu…

– Évidemment.

Jimi ne lui laissa pas l'occasion d'en dire plus. Il se retourna vers Gilberte.

– Maman, ça t'ennuierait de nous rédiger un mémo pour demander à la Crim le rapport scientifique et les résultats de la première enquête de voisinage ? Tu envoies ça par mail à Brabant et Flétan, et tu leur dis élégamment de se magner le derche. Et ensuite, tu te mets en duo avec Anna, pour commencer à éplucher les éventuels avis de disparition et les dossiers classés disparus. On a un visage exploitable…

– Et moi, alors, je fais quoi ? demanda Jobert.

Elle s'était levée. Jimi se tourna vers elle, eut un air excédé.

– Tant qu'on ne sait pas exactement ce qu'on chasse, ni si c'est nous qui le chassons, tu ne fais plus rien, capitaine… On n'a pas besoin d'une folle de la gâchette pour aller tirer dans le tas.

Jobert ouvrit la bouche, deux fois, s'empourpra. Elle se tourna vers le patron de la Brigade. Markowicz était occupé à allumer une cigarette en dépit de l'interdiction formelle de fumer dans les locaux administratifs de la police française.

– *Diane* ? dit à ce moment le commandant Bosco. Venez avec moi dans mon bureau, je vous prie…

11.

Antonin ne savait pas si Fleur le laisserait entrer chez elle. Il avait imaginé devoir s'expliquer, des heures durant, à travers une porte close. Il avait redouté un silence à jamais.

Il avait rêvé que Fleur se jette dans ses bras sitôt qu'elle le reconnaîtrait devant chez elle, lui dise que tout était oublié, qu'ils se précipitent dans sa chambre, s'arrachent mutuellement leurs vêtements, et…

Bref, il avait émis plusieurs milliers d'hypothèses. Mais dans aucun scénario la personne censée lui ouvrir n'était d'un modèle si réduit. Il dut baisser les yeux : la gamine avait des couettes, des lunettes en écaille, une jupe plissée, un air sérieux.

– Excuse-moi… Ta grande… enfin, je veux dire… Fleur n'est pas là ?

– Ma grande Fleur ? Tu dois être Antonin. Je suis Adélaïde.

Elle ouvrit la porte de la maison plus largement, lui tendit la main, qu'il serra, puis lui fit signe d'entrer. Comme il demeurait, vaguement embarrassé, sur le seuil de la villa, elle ajouta :

– Fleur ne t'a pas parlé de moi ? Je vais la prévenir que tu es là. Installe-toi dans la cuisine.

Antonin entra derrière elle.

Un coup d'œil : les chambres étaient apparemment à l'étage, tandis qu'au rez-de-chaussée, la cuisine jouxtait une grande pièce commune, chaleureuse et moderne. Le garçon resta debout, entre l'îlot central et l'évier, à se balancer d'un pied sur l'autre, sans trop savoir quoi faire de ses mains.

Il avait chaud, et la gorge sèche.

Pouvait-il se servir un verre d'eau ? Serait-ce jugé trop cavalier ? Fleur allait sûrement se montrer furieuse qu'il ait osé se présenter chez elle sans la prévenir auparavant. Alors, faire comme chez lui...

Mais peut-être est-ce cela qui lui manquait aux yeux de Fleur : de la décontraction, du charisme, une assurance à toute épreuve ? La veille, il avait bien senti qu'elle lui reprochait de ne pas avoir pris le taureau par les cornes – c'est *toujours* ce qu'on lui reprochait.

Mais quel taureau, au fond ? Et quelles cornes ? Il ne savait jamais.

Qu'eût-il fallu qu'il fît la veille ? Et ce verre d'eau, était-ce vraiment une bonne idée ?

Finalement, il entendit les pas redescendre l'escalier, fourra précipitamment les mains dans ses poches pour se donner une attitude. Il entendit le bruit d'une clé qui tournait dans la porte d'entrée, puis la gamine entra dans la cuisine, seule, le trousseau à la main.

Elle dit :

– En fait, je t'ai menti. Fleur n'est pas là. Elle passe son oral de français ce matin. Mais si je te l'avais dit d'emblée, tu serais reparti, n'est-ce pas ?

*

– Comprenez-vous la situation, capitaine ? demanda Bosco.

Il regardait Jobert, qui regardait ailleurs, égarée.

– Je… je ne suis pas sûre de comprendre quoi que ce soit dans cette Brigade, mon commandant, répondit-elle finalement. Ni les méthodes d'investigation, ni la chaîne de commandement – ni surtout la façon dont certains subordonnés se permettent de s'adresser à leurs supérieurs.

– Calmez-vous. Asseyez-vous.

Bosco lui montra une chaise, et quand elle se fut exécutée, il lui proposa sa boîte de cachous – ce qui parut la déstabiliser davantage. Il n'était pas doué pour mettre les gens à l'aise. Même lorsqu'il essayait vraiment. Dès lors, autant aller droit au but.

– Comme vous l'avez remarqué, le fonctionnement de notre Brigade est un peu particulier…

« Diane de Moitié » hocha la tête, mais ne dit rien pour détendre l'atmosphère.

– … mais ne vous faites pas de souci. Jimi vous aime bien. Beaucoup, même. D'ailleurs, il vous a déjà donné un surnom… C'est sa façon de vous adopter, *Diane*.

Le capitaine Jobert – « Diane » – ouvrit la bouche, la referma, comme elle l'avait fait dans la salle de brigade, et Bosco préféra lui couper l'herbe sous le pied.

– En revanche, dit-il, le commissaire ne vous aime pas.

Cette fois, la jeune femme eut un mouvement de recul sur son siège.

– Il n'a pas apprécié de constater que vous aviez visité son bureau…

Elle rougit.

– … et il est en général assez soupçonneux. Contrairement à Jimi, qui fait volontiers confiance à n'importe qui.

Elle blêmit.

– Bien entendu, vous n'êtes pas n'importe qui, capitaine. Ce n'est pas ce que j'ai voulu dire…

Bosco sortit un mouchoir de sa poche et s'épongea le front. Cela allait de mal en pis.

– De quoi me soupçonne-t-il, le commissaire ? demanda Diane. Est-ce qu'il pense que je…

– Aimez-vous les zoos, capitaine ?

Bosco l'avait coupée et elle en resta un instant bouche bée, avant de se reprendre.

– Je vous demande pardon ?

– Les zoos…, répéta-t-il. Ces sortes d'endroits avec des cages, où l'on enferme des animaux, vous aimez ?

Elle hocha la tête, très vite.

– Très bien, *Diane*. Alors, je vous ai trouvé une occupation pour cet après-midi. Il vaut mieux que vous ne restiez pas dans les pattes du commissaire pour l'instant. Faites-moi venir Willa.

*

La fillette, Adélaïde, s'était installée à la table de la cuisine. Elle avait sorti de son cartable une trousse de cuir et une grande feuille. Maintenant, elle dessinait à grands traits sur la feuille, sans plus se préoccuper de la présence d'Antonin.

Que faisait-elle, exactement ? Il crut que le dessin lui était destiné et s'approcha pour regarder. Sans lever les yeux, elle dit :

– T-t-t-t, affaire privée.

Il recula d'un pas, demanda :

– Pour… pourquoi tu… ?

– Écoute, je vais être claire avec toi. Fleur est furieuse, parce que tu ne l'as pas embrassée hier, alors qu'elle t'avait emmené au cinéma pour ça. Elle pense que les choses doivent se produire quand elle le décide. Dans la vie en général, et dans sa vie amoureuse en particulier… Normal, elle débute.

Elle parlait à voix haute, sur un ton apparemment désinvolte, ou très las, tout en continuant de dessiner. Elle avait changé de feutre, maintenant – pour le diamètre de la pointe, pas pour la couleur, noire toujours. Antonin la voyait hachurer des petits traits serrés pour ombrer et sculpter les volumes qu'elle avait d'abord esquissés.

– Elle n'a jamais été amoureuse avant, vois-tu, reprit-elle. Et si l'on considère le désastre de la vie affective de nos parents, elle ne dispose d'aucun modèle pertinent. Donc, elle tâtonne. Toi aussi, c'est ta première fois ?

Il hocha la tête. Elle devait le regarder, tout de même, sous sa frange, puisqu'elle reprit aussitôt.

– Je m'en doutais. Il n'y en a pas un pour rattraper l'autre, ça promet. Mais tu l'aimes, au moins ?

Cette fois, il retrouva l'usage de sa voix, en dépit de sa sidération, pour s'exclamer dans un élan :

– Oh oui !

Il s'était empourpré, en même temps, mais qu'importe.

Personne ne le voyait – pas Fleur, du moins.

– Bon. Donc, je suppose que tu as besoin d'aide ?

De quoi parlait-elle ?

– Je… je ne sais pas si…

– Tu as besoin d'aide, oui ou non ?

Il hésita une seconde, puis hocha la tête très vite, en se sentant rougir de nouveau.

– D'accord. Alors on va faire un marché. Je vais t'aider avec Fleur, et toi, tu me racontes tout.

– Qu'est-ce que tu…

Elle leva sur lui des petits yeux perçants derrière les verres de ses lunettes.

– Si je ne mets pas mon grain de sel, vous allez tous les deux foirer cette histoire. Je te propose juste de mettre un peu d'huile dans les rouages. Rien de scandaleux, si ?

Il ne savait plus que dire.

– Tu as lu *Lady Chatterley et l'homme des bois* ? demanda-t-elle.

Il secoua la tête négativement. Elle soupira.

– Bon. Tu fais comme tu veux. Si tu préfères vraiment te débrouiller tout seul…

– Mais tu veux que je te raconte quoi ? Et pourquoi ?

Elle sourit.

– Rien de compromettant ni d'obscène. Si tu veux que je vous aide, j'ai juste besoin de savoir où vous en êtes. Ce que vous vous êtes dit, ce que vous avez fait, ce que vous n'avez pas fait, ce que vous voudriez faire. Tu vois l'idée ?

Oui, Antonin voyait l'idée, mais il n'était pas sûr qu'elle soit géniale : compter sur une gamine de 10 ans pour réussir à conquérir, puis à garder, le cœur de l'aimée, c'était un peu douteux, non ? Et un peu minable aussi, peut-être ? En fait, il n'avait aucune envie de se retrouver à déballer leur vie privée dans cette cuisine, devant cette gamine.

– Ne t'en fais pas, dit-elle comme si elle devinait ses pensées. On se donnera rendez-vous dans des lieux différents chaque fois... Des endroits que je t'indiquerai. Alors, tu topes ?

– C'est un cirque ! s'exclama-t-il soudain.

Elle eut le réflexe de cacher son œuvre avec son bras, comme le font les bons élèves à l'école, mais trop tard ! Il venait de reconnaître ce qu'elle était en train de dessiner, une scène de cirque, avec le dompteur au centre de la piste, et deux étranges animaux dans une cage, entourés du public.

– C'est quoi, tes créatures ? demanda-t-il.

– Des goules. C'est mon père qui les dompte.

– Pas mal... En revanche, ta perspective est bancale. Et puis, il y a un problème dans ton chapiteau. Vu la disposition et la taille des poteaux, il aurait dû s'effondrer depuis un moment.

– Qu'est-ce que tu en sais ? grommela Adélaïde, soudain sur la défensive. Tu es dessinateur ?

– Non. Je gribouille un peu. Mais je travaille régulièrement dans des cirques. Je suis fildefériste – funambule, quoi...

Elle leva de nouveau les yeux sur lui. Cette fois, ils brillaient d'un feu nouveau.

– Un funambule… Parfait, c'est parfait… Quelle magnifique allégorie. Fleur le sait-elle ?

– Bien sûr. Elle m'a rencontré à l'école de cirque.

Adélaïde prit sa feuille, déchira son dessin, puis se frotta les mains.

– Alors, pour commencer, écoute-moi bien…

12.

Selon « Gimli », le zoo était à un quart d'heure de la Brigade. Jobert avait pensé au vu de cette estimation qu'elles allaient prendre la voiture, mais elles s'engagèrent dans l'avenue, à pied. La capitaine ne posa pas de questions. Pendant les deux premières minutes, elle suivit la prétendue lieutenante Willa sans décolérer. Elle ne parvenait pas à croire ce qui lui arrivait… Son supérieur l'avait donc *réellement* convoquée dans son bureau pour lui annoncer que le commissaire ne l'aimait pas, que tout était normal à part ça, qu'on l'appellerait désormais par un pseudonyme ridicule, puis qu'il valait mieux qu'elle vide les lieux ? *Sérieusement* ?

Willa la rassura, partiellement, en précisant :

– Tu me laisseras mener l'interrogatoire. J'ai l'habitude. Toi, tu regardes, et tu apprends.

Si elles sortaient toutes les deux, ce n'était donc pas simplement pour se distraire. C'était aussi pour un travail de police.

– Un interrogatoire dans un zoo ? demanda Jobert. Au fait, la ménagerie du Jardin des plantes c'est vers le nord et le zoo de Vincennes vers l'est, non ?

– Attends, tu as vraiment cru qu'on allait au zoo ? T'es dingue ou quoi, capitaine ?

Au cours des trois minutes de monologue qui suivirent, il apparut que Jobert avait commis un impair d'assez belle taille : en s'imaginant en promenade zoologique, elle se montrait insensible, comme tous les autres, à la souffrance animale ; mais il faudrait bien un jour que toute la Brigade finisse par écouter Willa et embrasse la cause végétalienne, voire le véganisme, *et cætera*.

– Je peux te dire que pendant mes études vétérinaires, j'ai vu des trucs plus débectants que n'importe quelle scène de crime.

La petite rouquine en treillis parlait avec véhémence tout en marchant d'un bon pas. Jobert acquiesçait, une nouvelle fois tétanisée par la surprise. Willa enchaîna sur d'autres sujets auxquels elle accordait manifestement moins d'importance. Elle se révéla alors une fille plutôt drolatique. Sa discussion portait sur tout et rien, avec des embardées à propos du machisme de Jimi, des cigarettes de Markowicz ou du côté collet monté de Bosco. Avec de réels dons d'imitatrice, elle passait d'un rôle à l'autre, singeant tous les membres de la Brigade… Jobert répondait toujours par monosyllabes mais souriait de plus en plus. Elle finit par éclater de rire lorsque Willa se tourna vers elle pour lui demander, impavide comme l'aurait été Bosco : « Capitaine Diane de Moitié, aimez-vous les cachous ? »

– Et sinon, à part imiter les gens, tu as fait des études de vétérinaire ? demanda « Diane ». Qu'est-ce que tu fous dans la police, alors ?

– Ben, Markowicz a besoin de mes compétences pour anticiper certains comportements de celles que nous chassons. Tu sais, les goules. On ne sait pas très bien quelle est leur nature exacte, mais la loi les considère comme les chiens dangereux – des armes par destination, si tu veux. D'où la nécessité d'un vétérinaire.

– Et là, on va… ?

– On va voir des goules, oui. Tu n'en as jamais vu ? Tu sais quoi à leur propos ?

Techniquement, Jobert n'en savait rien de plus que ce qu'en avaient expliqué les journaux.

Les attaques de goules avaient commencé sept ans plus tôt, d'abord à l'improviste, puis de plus en plus régulièrement. La plupart s'étaient soldées par des morts violentes et sordides. On avait cru d'abord à un nouveau prédateur, un animal anthropoïde particulièrement sauvage. Les spécimens surpris en pleine attaque avaient été abattus, puis deux goules avaient été capturées – et quelques heures plus tard, on avait compris : les monstres avaient recouvré une forme parfaitement humaine, un nom, un prénom, une date de naissance, une mémoire… Et des papiers d'identité, lorsqu'on avait fini par retrouver leurs vêtements non loin du dernier endroit dont ils se souvenaient. En revanche, ces êtres humains restaient parfaitement amnésiques de leur bref épisode monstrueux – aussi inconscients qu'irresponsables, de ce fait, des actes qu'ils avaient commis.

– On pense que ça se transmet comme un machin de loup-garou ou de vampire – mais les médecins n'ont pas encore compris comment marchait la contagion. On sait juste qu'une fois mordu par une goule, on se métamorphose, de temps en temps, sans régularité. Les chercheurs pensent que c'est une défaillance du système immunitaire : tes globules blancs diminuent, tes défenses s'affaissent, et bam, tu deviens un monstre pour quelques heures. Comme une crise d'épilepsie.

– Mais je croyais qu'il y avait moyen de… Enfin, tu vois…

– D'anticiper ? Oui. Il y a des signes avant-coureurs. Pendant les heures qui précèdent la transformation, tu te mets parfois à saigner des gencives, des oreilles ou des yeux. Paraît aussi que tu sens le plus souvent tes dents pousser dans ta bouche. Dégueulasse, non ? Tu imagines le truc ?

Willa éclata de rire, fit une sorte de grimace mi-simiesque, mi-canine, en grondant et en montrant les dents.

– Mais il n'y a aucun espoir de traitement ? demanda Jobert.

– Eh non ! Tant qu'on n'a pas compris la transmission… C'est la raison de l'existence des centres comme celui que tu vas voir. Ce que Bosco appelle connement des zoos. D'ailleurs, on arrive…

Elles étaient à l'angle de la place Denfert-Rochereau. Willa lui montra du doigt une porte, à vingt mètres.

– Regarde… Figure-toi que le type qui sort, là, était un prédateur il y a une heure…

Jobert vit un homme descendre les marches d'un perron – un type en costume et lunettes à monture épaisse qui ne souhaitait manifestement pas être reconnu : il portait des verres fumés et s'enfouissait le visage dans un foulard, malgré la canicule. Sa silhouette de bon bourgeois placide n'évoquait que très lointainement les étranges créatures maigres dont Jobert avait vu quelques clichés plutôt flous sur Internet. Elle sourit. La jeune rouquine changea d'expression, sans prévenir.

– Ce salopard aurait très bien pu éventrer notre inconnue, rue des Artistes, sans même le savoir, dit-elle. Sans souvenir et sans remords. Bon, je te fais la visite ?

*

Il y avait une trentaine de portes en métal, toutes munies de judas.

– On met les individus dans les cellules au fur et à mesure de leur arrivée. Regarde, ils ont chacun un matricule chiffré, qu'on épingle sur la porte pendant leur crise, ce qui leur garantit un anonymat relatif…

Willa désignait des étiquettes imprimées et glissées à côté du judas, sur une demi-douzaine de portes.

– … Les derniers arrivés sont au pic de leur crise. Elle survient quelques instants après la métamorphose. Tu vas voir…

Elle ouvrit le judas d'une porte située à main droite.

– Tiens, il suffit que je dise ça… Celle-là est calme.

Diane jeta un œil à son tour à travers le judas.

Elle vit une goule prostrée dans le coin de sa cellule.

La créature ressemblait à un gobelin maigre, ou à un squelette couvert de peau. Elle levait la tête, comme si elle humait l'air autour d'elle, mais ne regardait pas dans leur direction. Willa dit :

– Elle sait que nous sommes là, à quelle distance, et que nous sommes deux. Que nous sommes des femmes, jeunes. Elle nous a repérées à l'odorat. Mais contrairement à ce que je pensais, elle doit être en fin de crise. Elle a aussi conscience des barreaux et des portes… C'est la raison pour laquelle elle conserve son calme. Regarde, elle semble avoir honte d'elle-même.

Une tête de vieille aux cheveux secs, rares et sans couleur, aux tempes veinées – presque un crâne tant la peau grise collait aux os, mais un crâne dans lequel auraient roulé des yeux noirs comme la nuit, sans blanc ni cristallin, pleins comme ceux d'un requin, et dont les oreilles atrophiées auraient été taillées en pointe. La bouche restait toujours ouverte, comme si la créature était hors d'halcine, et elle se retroussait dans ce sourire caractéristique, inquiétant, des squelettes. Les dents donnaient à l'ensemble un caractère effrayant. Étroites et taillées comme trente-deux dagues (ou davantage, qui sait), trop longues, trop grandes pour la cavité buccale, il semblait qu'on les avait fichées en faisceaux désordonnés dans les gencives apparentes.

La créature inspira amplement, son torse trop étroit cherchant visiblement de la place pour l'oxygène sous la cage des côtes saillantes. Elle souffla, puis siffla sourdement, se leva, avec des gestes lents et las, comme gênée par ce corps maigre, aux membres longs.

Willa passa à la porte suivante, ouvrit le judas.

– Viens voir celle-là, elle est en forme.

Le temps que Diane rejoigne sa compagne, le monstre s'était jeté sur la porte de sa cellule, qu'il griffa quelques instants, avant de s'éloigner, marchant sur les pieds et les mains. Ses yeux luisants allaient du judas à son bat-flanc, elle paraissait habitée d'une colère sourde, intérieure – la faim ? la haine ? La goule traversa de nouveau sa cage en deux bonds d'une incroyable agilité et se jeta sur la porte, de nouveau, en sifflant un cri suraigu.

Willa ferma le judas, fit deux pas en arrière :

– Si nous restions trop longtemps juste derrière cette porte, elle finirait par se blesser à force de vouloir nous atteindre. C'est une frénésie comme il en existe très peu dans le monde animal… Elles sont presque incapables de se maîtriser quand elles sentent une proie.

Diane eut le sentiment que sa compagne cherchait à excuser les goules. Willa était déjà passée à la cellule suivante.

– Tiens, regarde, celle-là est calmée… C'est sans doute la fin de sa crise, à elle aussi.

Celle-là se tenait dans le fond de sa cellule, comme la première. Jobert saisit de nouveaux détails. La peau présentait des veines apparentes, d'un bleu froid. Celle-là était une femelle, contrairement aux deux premières. Le torse était hâve, étroit, les épaules tombantes, les membres maigres, nerveux, presque démesurés du fait de cette maigreur qui rendait les articulations cagneuses. Difficile de dire si la taille était celle de l'humain qu'elle avait été, ou légèrement plus courte. Elle donnait l'impression de grelotter.

– La rage dure combien de temps ?

– Pas longtemps, heureusement. Entre deux et trois heures. En tout, la crise est terminée en moins de sept heures dans la plupart des cas.

– Et elles n'en conservent aucun souvenir ?

– Celles qui sont ici se souviendront très vaguement de la fin : leur mémoire reconstruit quelque chose des minutes qui ont précédé… Mais lorsque ça survient à l'improviste, dehors, elles conservent juste le sentiment d'un bref endormissement, une seconde. Tu sais, comme les microsommeils, quand tu conduis sur l'autoroute : tu fermes les yeux et lorsque tu les rouvres, ta voiture a commencé de dévier sur la voie d'à côté. La plupart du temps, on retrouve des humains, éperdus, dans un endroit public proche de leur domicile, qui se demandent ce qu'ils foutent là.

– Elles ne s'éloignent pas ?

– Pendant la transformation ? Elles peuvent. Mais après le paroxysme de leur crise, elles ont un côté plutôt casanier – elles retournent en général à la maison…

Willa sourit, poursuivit :

– … Et quand elles reviennent à elles, elles ne peuvent même pas soupçonner la rage qu'elles ont connue. Si personne ne les en informe, elles conserveront simplement l'impression d'étranges signes avant-coureurs, d'hémorragies externes très limitées, d'une rage de dents, et… de ce microsommeil, à l'issue duquel elles se retrouvent à poil, quelque part.

– En même temps, si tu as les dents qui

poussent, tu te poses quand même des questions, non ?

Willa marqua une courte pause.

– Certains n'ont pas tous les symptômes, répondit-elle. Et beaucoup préfèrent fermer les yeux. C'est un de nos jobs de leur dire la vérité…

La voix changea, se fit douloureuse.

– L'année dernière, on a identifié trente-cinq nouveaux cas… Ça s'est fini, dix-huit fois, par des suicides.

13.

Adélaïde avait intitulé l'œuvre en cours *Attaque de goules au soleil couchant*.

Elle avait demandé à sa voisine de bien vouloir se décaler d'une place, avait installé une grande feuille, format raisin, devant elle, et dessinait scrupuleusement la scène : deux goules avaient surpris une famille, de retour de la promenade, et s'étaient jetées sur la plus âgée des deux sœurs, ainsi que sur la mère. La pauvre femme, une grande blonde élégante, se faisait dévorer le visage. Pour l'aînée des filles, c'étaient les fesses.

Le père, un géant au visage ovale, aux cheveux épais (quoique dégarnis sur le front), aux mains d'étrangleur patenté, essayait de les repousser avec sa canne anglaise.

L'enfant la plus jeune, âgée de 2 ans à peu près et encore dans sa poussette, hurlait de terreur.

Le tout était figuré dans un style réaliste XIXe, rappelant les gravures des récits fantastiques de Poe, ou celles des feuilletons de Feuillade. Des noirs, des contrastes, une trame finement hachurée.

C'était à la fois grotesque et effrayant.

Si Anne-Cé avait vu ce dessin, sans doute aurait-elle dit à sa fille qu'elle reprochait inconsciemment aux goules d'avoir séparé ses parents et disloqué sa famille, l'année de ses 2 ans. Or, c'était faux. D'une part, Adélaïde savait parfaitement que Markowicz avait quitté la maison bien avant l'Accident. D'autre part, elle se moquait bien de régler des problèmes psychanalytiques par l'art. Elle trouvait ça cool, c'était tout.

Son institutrice s'approcha, jeta un œil, fronça un sourcil légèrement horrifié. Elle demanda :

– Tu ne suis pas la leçon de calcul, Adélaïde ?

– Inutile. Nous avons fini le programme, les vacances sont dans une semaine. Je crée.

– Et tu ne voudrais pas dessiner des choses moins ignobles, pour une fois ?

– Des chauves-souris, par exemple ? Ou des dragons de Komodo ?

L'institutrice s'éloigna en marmonnant.

*

Willa s'était enfermée avec le responsable du centre. Pour poser quelles questions ? À quel propos ? Diane attendit devant la porte, vit sortir de la dernière cellule une jeune femme aux cheveux aile de corbeau, assez jolie, habillée en baba cool – jean pattes d'eph et pull tombant beaucoup trop chaud pour la saison. Quel lien avec la créature de cauchemar, aux yeux tristes, aux gestes las, qu'elle avait contemplée quelques minutes plus tôt ?

Devinant sa présence, la « malade » se retourna et la dévisagea.

Puis l'inconnue lui tourna le dos sans chercher à engager la conversation. Elle signala dans un interphone son matricule d'enregistrement, retira l'étiquette provisoire glissée sur la porte pendant sa métamorphose. On ouvrit la porte du centre à « F544 ». Willa sortit du bureau du directeur au même instant.

Sur le chemin du retour, Diane lui demanda :

– Il y en a combien ?

– Des goules ? Moins d'un millier, probablement. Et la plupart sont informées de leur condition, elles se rendent dans des centres comme ceux-là au moment où leurs crises surviennent. La situation est sous contrôle…

Willa avait commencé de réciter une leçon bien apprise.

– … Quand ça a commencé, on a craint une contagion massive. Mais en fait, la maladie ne se transmet que par morsure, et dans la plupart des cas, une attaque de goule ne laisse pas de survivant…

La petite rouquine rit, à cet instant, étonnamment, puis fit une moue pour s'en excuser. Cela fit sortir son discours du conventionnel.

– En un sens, tant mieux, si on y réfléchit. On estime à deux milliers le nombre d'infectés depuis le début de la crise sanitaire voici cinq ans, dont plus de la moitié sont morts. On a créé six centres en France, et les malades doivent vivre à moins de quelques kilomètres de l'un d'eux. La plupart se débrouillent pour arriver ici à temps… Au pire, ils appellent le 115.

– Et les autres ? Ceux qui ne viennent pas ?

– On pense qu'environ une goule sur six ignore qu'elle est dangereuse – parce qu'elle vient d'être infectée ou ne développe que des symptômes très discrets avant sa crise. Du coup, celles-là tuent, tant qu'on ne les coince pas…

Jobert frissonna en repensant aux photos de la gamine éventrée et sans bras.

– Ces 15 % sont responsables d'une cinquantaine d'attaques par an. C'est beaucoup, environ un dixième des homicides en France, mais beaucoup moins que les victimes de piqûres de guêpe, si on y pense. Et je ne te parle même pas des accidents de la route…

Cette fois, Willa argumentait en son nom propre, évidemment. C'était le genre de discours que servaient habituellement les défenseurs des animaux pour excuser les requins ou les tigres après une attaque mortelle.

– Et il n'y en a pas qui font sciemment du mal ? demanda le capitaine.

– Peut-être 1 %. Une dizaine ou une douzaine de pervers, sur toute la France, qui font usage de leur maladie avec l'idée de tuer… Mais si ceux-là n'étaient pas des goules, ils seraient des salopards quand même.

Elles arrivaient au pied du 36, avenue du Président-René-Coty. Willa attrapa Diane par le bras.

– C'était ta première fois à la Moria, dit-elle. C'est plutôt… perturbant, de voir un truc pareil. Alors ne te bile pas si tu fais des cauchemars les prochaines nuits, ou si tu as l'impression d'avoir des douleurs dans les gencives. On a tous connu ça.

– La Moria ? demanda Diane.

– Oui. Jimi dit que les goules ressemblent à un croisement entre les gobelins des cavernes et Sméagol. Tu n'as pas vu *Le Seigneur des anneaux* ?

14.

Bosco frappa au bureau du commissaire.

Il était 21 heures, mais en dépit de l'heure avancée, Markowicz n'avait pas encore commencé à boire. Il n'était pas non plus abîmé dans ses pensées. Bref, il leva la tête aussitôt et demanda :

– Où en sommes-nous ?

– Nulle part pour l'instant. Le labo de la Criminelle va laisser traîner l'analyse de la bave parce que Flétan est convaincu qu'il s'agit d'une goule et qu'ils aiment nous mettre des bâtons dans les roues... Cela m'étonnerait beaucoup que nous recevions les résultats avant le week-end.

– Bon, fit le Patron.

– Lorsqu'ils comprendront qu'il s'agit d'un faussaire et qu'on nous retirera l'enquête, vous comptez faire quoi ? demanda Bosco. Passer outre ?

– Oui.

Le commissaire ne semblait pas en veine de discussion. Son adjoint en vint donc au sujet qui l'amenait, du moins l'introduisit-il avec habileté – avec ce qui lui sembla de la finesse, même.

– Comment procède-t-on, dans ce cas, pour la jeune capitaine ? demanda-t-il. On la garde sur l'enquête ?

– Vous en avez fait quoi, aujourd'hui ?

– Place Denfert… Elle est allée voir les goules avec Willa.

– J'imagine que vous ne venez pas simplement me poser une question à son propos, constata Markowicz. Je vous connais, Bosco. Qu'avez-vous appris sur elle ?

Le minuscule commandant se racla la gorge.

– J'ai appelé deux ou trois amis que j'ai gardés à l'IGPN, expliqua-t-il. Ils m'ont confirmé qu'elle était à l'essai chez nous. Une dernière chance, pour apprendre à gérer sa propension à la violence.

– Ah, vraiment ?

Lorsque le commissaire avait envie d'en savoir plus, il procédait toujours ainsi : il faisait mine de se désintéresser de la conversation. Mais cette fois, Bosco ne mordit pas dans la feinte. Le Patron dut céder :

– Bon… Très bien… Allez-y, commandant… Vous avez appris le nom de son protecteur ?

– Non. Mais j'en sais davantage sur le premier épisode de violence dont elle s'est rendue coupable. Comme je m'en doutais, c'était des années avant son entrée dans la police. Elle a tué son père, au fusil de chasse, pour protéger sa mère et ses sœurs.

– Je vois.

Bosco lui tendit une copie de presse.

– Elle était mineure, et cela ne figure pas dans son casier judiciaire…

Le Patron avait froncé les sourcils. Il se retourna la lèvre en une moue dubitative.

– Du coup, je fais quoi, Léon ? insista Bosco

après une minute de silence. Je mets Jobert sur l'enquête, demain ?

– Si vous voulez. Il faudra vite l'informer dans ce cas que nous outrepassons nos prérogatives, et s'assurer de sa loyauté. Je verrai ça.

– Encore une chose, ajouta Bosco avant de sortir. Gilberte m'a rappelé avant de quitter la Brigade que votre fille passait son oral de bac français ce matin. N'oubliez pas de l'appeler.

15.

Le téléphone vibra une énième fois dans la poche arrière du minishort de Fleur. Elle le sortit et un très large sourire éclaira son visage – ce n'était pas Antonin, cette fois. C'était son père.

Elle se leva et fit quelques pas pour s'éloigner de la terrasse du café où elle fêtait les vacances avec Hélène, Capucine et Emma. À bonne distance de trottoir (pas de brouhaha, pas de bruits de verre et de rires), elle décrocha :

– Markowicz ?

– Fleur. Comment ça s'est passé ? Tu es contente ?

– Ben je ne sais pas… C'était un texte de Huysmans.

Elle grimaçait en même temps, et laissa passer quelques secondes. Il répondit :

– Ah. Très bien.

– Pourquoi tu dis ça ? répondit-elle vivement.

– Huysmans… Une littérature classique. Pas un truc de zazous. C'est préférable.

– J'aurais préféré un truc de Vian ou de Queneau, moi… Des zazous, comme tu dis.

Un long silence, à l'autre bout – Fleur devina qu'il était désapprobateur, cette fois.

– Comme tu voudras, dit son père finalement,

d'un ton agacé. Je suppose que tu es en vacances, désormais. Ta mère me donnera ton programme.

« Bien sûr que non, songea la jeune fille. Parce que tu te fiches de mon programme, que maman ne le connaît pas, et surtout parce que vous ne vous parlez plus. »

– Donc, tu es contente, reprit-il. C'est bien. Ta sœur est avec toi ?

– Non. Je suis sortie. Pour fêter ça…

– Fêter quoi ?

– Les vacances. La fin du bac.

– Ta mère sait où tu te trouves ?

– Bien entendu…, répondit Fleur.

« Ma mère s'en fiche, et encore heureux », songea-t-elle en même temps. Quant à son père, s'il l'avait surprise à la terrasse de ce bar, dans ce minishort et ce top à bretelles, avec ses trois copines et leurs tenues d'été, il aurait été capable de verbaliser le barman qui servait de l'alcool à des mineures, avant d'envoyer les jeunes filles se rhabiller. Voire de les verbaliser elles aussi pour racolage passif. Et de verbaliser toute la terrasse pour avoir jeté à sa fille des regards concupiscents (ou seulement indiscrets) ; toute la rue pour tolérance excessive ; la ville entière pour délit d'insouciance…

– Et toi, ça va, le travail ? demanda-t-elle, par pure politesse.

– Un cadavre, hier matin, à quelques centaines de mètres de la Brigade. Lacéré. Une jeune fille inconnue, sans doute à peine plus âgée que toi. Sois prudente, ne rentre pas seule, et pas trop tard.

Fleur raccrocha, frissonna en dépit de la tiédeur

de cette soirée. En revenant à la table où Hélène et Capucine hennissaient de rire, elle se sentit triste soudain, parfaitement en dehors du coup. Elle détestait la façon que son père avait de lui dire qu'il se faisait du souci pour elle. C'était effrayant, sinistre et clinique comme un cadavre dans une morgue. Mais c'était ainsi depuis qu'elle était toute petite, et il n'y avait aucune raison d'espérer que ça change.

– Bon, les copines, je crois que je vais rentrer, annonça-t-elle une demi-heure plus tard.

– Toute seule ? Tu nous lâches ? demanda Emma.

Troisième jour (le soir tombant)

16.

Le commandant Jean Bosco Nyirabuhinja, dit Bosco, s'était trompé. Il n'eut pas à lanterner tout le week-end avant de recevoir les conclusions émanant du centre de la police scientifique. Elles lui parvinrent vers 21 heures ce vendredi-là, accompagnées des instructions du parquet. Les résultats n'étaient pas ceux auxquels il s'attendait.

Sur le corps de la victime (toujours non identifiée), sur son abdomen, son thorax lacéré et déchiré, on avait retrouvé de la bave de goule. Cela indiquait scientifiquement (si on s'y fiait) qu'une ou plusieurs créatures avaient pris part à l'agression. L'homme qui avait scié consciencieusement les deux bras de la jeune inconnue et déplacé le cadavre de la scène de crime avait travaillé mieux que prévu.

Bosco sortit son petit carnet à spirale. De son écriture scolaire, appliquée, en pleins et en déliés, il écrivit et classa les cinq nouvelles questions que soulevait la situation, selon lui :

« S'il s'agit d'un simulateur :
Où s'est-il procuré de la bave de goule ?
Dans le cas contraire :
L'homme qui a scié les bras est-il intervenu après

la goule ? (i.e. *le faussaire a-t-il mutilé la victime de la goule ?*)

La goule a-t-elle au contraire profané un cadavre ?

S'agit-il du même individu – le tueur redevenu goule ou la goule devenue tueur ?

Se peut-il qu'un tueur et une goule agissent de conserve ? »

À cette heure, Bosco ne pouvait pas débattre de ces questions avec le Patron – Léon avait commencé de boire tôt, il devait être saoul et vindicatif, ou saoul et mélancolique, ou saoul et endormi. Le pygmée quitta donc sa blouse, enfila une veste marron glacé sur sa chemisette jaune, et fit la tournée des bars où Jimi Hendrix se produisait parfois, dans des concerts d'*air guitar* de son cru. Il ne le trouva pas. Il était minuit.

Il commença une deuxième tournée, celle des hôtels borgnes où Jimi Hendrix dormait parfois. Il eut la chance qu'on lui indique, dès le deuxième établissement, qu'il restait des chambres vacantes – or, lorsque Jimi venait dormir là (comme ailleurs), c'était toujours à l'insu de l'hôtelier, entrant par une fenêtre et filant à la cloche de bois, le matin, par l'escalier de service. Bosco se fit donc donner les numéros de toutes les chambres inoccupées, en prétextant une superstition. Il fit mine d'hésiter, en réserva une pour donner le change, monta dans les étages et frappa aux portes des chambres vides, l'une après l'autre. À la troisième, le lieutenant lui ouvrit, torse nu dans un peignoir en véritables poils de léopard.

Bosco lui expliqua qu'on avait trouvé de la bave.

Jimi parut aussi surpris que son commandant. Il se tut un instant, puis se leva pour gober des pilules de couleurs vives dont Bosco préféra ignorer la nature et les effets. Ensuite, il regroupa une dizaine de poupées vaudoues alignées sur le deuxième lit de la chambre, les glissa dans son sac, éteignit une cassolette qui fumait en dégageant un encens nauséabond, et dit :

– Cette histoire de bave, ça nous offre provisoirement la possibilité de mener notre enquête au grand jour.

– Effectivement, répondit Bosco.

Jimi se gratta le crâne et dit :

– Sauf que les toubibs de la morgue s'apercevront rapidement que certaines plaies ont été infligées par des armes blanches, et non par des dents.

– Effectivement, convint Bosco.

– L'autopsie effectuée, on nous retirera le dossier, regretta Jimi.

– Effectivement, pronostiqua Bosco.

– Sauf si…

– Effectivement, confirma Bosco.

Jimi Hendrix sourit.

*

Il adorait lorsque Gimli lui demandait – même implicitement – de violer la loi.

Il sortit un ordi de sa besace, ouvrit plusieurs logiciels de traitement d'image, et commença à fabriquer les faux documents dont ils auraient besoin cette nuit. Ce métier de faussaire était une seconde nature. Dans un monde où tout n'est qu'illusion, il était un prestidigitateur – et en plus, il se trouvait tellement cool.

Quand il eut fini, il sélectionna dans sa mallette de faussaire le papier pelure qui convenait, imprima, montra son œuvre à Gimli qui regarda attentivement le cachet, les signatures, puis approuva.

Sans ajouter un mot, ils se rendirent ensemble à la morgue. La Seine ressemblait, vue du pont d'Austerlitz, à un ruban noir, les derniers bateaux-mouches avaient regagné leur port d'attache depuis des heures. Dans les rues, quelques flics saouls et perdus cherchaient sans doute le leur.

*

Arrivés quai de la Rapée, à l'Institut médico-légal, Bosco demanda à parler au médecin Taillevent, qui dirigeait le service des autopsies. On lui répondit qu'il dormait, comme la plupart des honnêtes gens, d'ailleurs, à 2 heures du matin un vendredi soir. Le pygmée déplora cette habitude, fit remarquer que lui, il travaillait en permanence, et que cela ne remettait nullement en cause sa probité.

– Qui est le plus haut gradé, ce soir ? demanda-t-il.

Le planton alla chercher le seul gradé disponible à cette heure.

– Dites-moi, docteur, l'entreprit aussitôt Bosco, l'inconnue de la rue des Artistes, vous voyez qui c'est ?

Bien que la confusion entre flic et diplômé de médecine fût volontaire de la part de Bosco, elle pouvait passer pour une distraction. L'officier, flatté du titre, répondit :

– La fille sans bras ?

– Oui… Vous l'avez « commencée » ?

Le type vérifia dans le registre.

– Non. On a juste prélevé les fluides. Mais pas d'autopsie. Elle est en chambre froide. On attendait de savoir quelle brigade prenait l'enquête.

– C'est nous. Markowicz.

Bosco tendit les instructions du procureur de la République reçues par mail cinq heures auparavant.

– Très bien, commandant. Félicitations. Mais il suffisait de nous appeler demain matin, voire lundi, pour nous le signaler. À quelle heure voulez-vous qu'on commence l'autopsie ?

Bosco se racla la gorge.

– Y aurait-il moyen de pratiquer l'examen dès cette nuit ? Nous avons déjà perdu assez de temps…

– À cette heure-ci ? Je n'ai personne à mettre à votre disp…

– J'ai moi-même un diplôme de médecine légale, le coupa Bosco. Et le lieutenant Toussaint Fermeture également. Nous pourrions parfaitement nous débrouiller seuls.

Le commandant sortit de la poche de sa blouse les deux faux en écriture que Jimi venait de fabriquer. L'officier de garde les vérifia trois fois, notamment celui de Jimi Hendrix (qui portait un T-shirt « *Peau lisse partout* »).

– Très bien, céda-t-il finalement. Salle numéro 4. Et je vous mets un technicien à disposition.

– Oh, nous ferons parfaitement tout cela sans assistance, précisa Bosco… En revanche, auriez-vous un distributeur ?

– Un distributeur ?

– Oui, reprit le quasi-nain. Une machine qui vend des barres chocolatées et des sodas.

– Et des chips, ajouta Jimi. Saveur barbecue. Ou paprika éventuellement.

– Ma foi, ça, je ne sais pas…

Quand ils furent seuls dans la salle numéro 4, Jimi regarda Bosco :

– Qu'est-ce qu'on fait ? demanda-t-il à mi-voix. On commence par chercher des preuves, ou par en détruire ?

– On détruit, marmonna le commandant, pour ne pas être davantage audible dans le micro de salle.

Ils s'approchèrent du chariot sur lequel était couchée la jeune fille de la rue des Artistes, le firent pivoter et rouler de telle sorte que Bosco, en se plaçant le long du corps, tourne le dos à la caméra de surveillance de la salle numéro 4, et masque en dépit de sa petite taille le travail de Jimi sur les chairs.

Le grand maigre à coupe afro, faussaire officiel de la Brigade en toutes circonstances, sortit de sa poche un sécateur cranté.

Il commença à déchiqueter consciencieusement les deux moignons de bras, en sifflotant.

Deux minutes après, Bosco contemplait l'ouvrage et hocha la tête : n'importe quel flic de la brigade criminelle qui s'aviserait de fourrer son nez dans leurs affaires penserait désormais qu'il s'agissait de morsures, et non d'une découpe chirurgicale.

– Très bien, fit-il entre ses dents. Maintenant, écartez-vous, lieutenant. Je collecte les indices…

Et il enfila des gants de latex.

Quatrième et cinquième jours

17.

Les lendemain et surlendemain, qui étaient un samedi et un dimanche, on était donc le week-end. Bosco et Markowicz se concertèrent pour savoir s'il y avait lieu de convoquer les troupes (c'est-à-dire les filles) (les Parques et la nouvelle capitaine) (on ne convoquait pas Jimi). Ils choisirent d'attendre le lundi.

Ils méditèrent sur l'affaire chacun de leur côté. Bosco noircissait son carnet à spirale d'hypothèses bien senties. Markowicz fumait ses cigarettes bancales, et plissait les yeux.

Fleur Arthal, quant à elle, alla à la mer avec trois de ses amies, le samedi et le dimanche, afin de profiter de l'exceptionnelle chaleur. Elles empruntèrent pour ce faire la liaison de bus entre Rennes et Saint-Malo, et Fleur oublia presque, quelques heures, le fait qu'Antonin avait totalement cessé de donner des nouvelles. Elle fit mine d'être joyeuse. Elle se distrayait, voire se divertissait. Mais le mutisme de son ex-petit-copain-potentiel l'inquiétait. La troublait. La chagrinait, même, un chagrin dont elle ne savait que faire exactement, sinon en rire, peut-être, se moquer d'elle-même, se trouver follement romantique, et stupide…

Anne-Cécile Arthal alla au bureau le samedi matin pour mettre enfin à jour ses dossiers, et accompagna l'après-midi Adélaïde au centre commercial parce que cette dernière souhaitait acquérir un coffret de vinyles comportant l'intégrale de l'œuvre d'Aretha Franklin, qu'elle écouterait sur sa platine à diamant. À un moment donné, Anne-Cé perdit de vue sa fille cadette dans le complexe commercial, paniqua, prise d'une bouffée d'angoisse irraisonnée, puis se reprocha cette panique une fois Adé retrouvée – après quoi elle en fit grief à Markowicz, qui était probablement responsable de cette propension qu'elle avait désormais à envisager le pire. Contagion de la paranoïa, propagation du pessimisme, marée noire – cela avait été l'histoire des humeurs de leur couple.

Diane s'emmerda prodigieusement, pratiqua différents sports – essentiellement de combat – ainsi que du jogging solitaire dans les rues et deux parcs de Paris, s'emmerda de nouveau, et occupa son temps à lire des bandes dessinées et regarder des séries télévisées.

Antonin vit Adélaïde, clandestinement, dans le centre commercial de Cesson-Sévigné, le samedi après-midi, après que la fillette eut délibérément égaré sa mère dans les rayons. Le garçon avoua qu'il n'en pouvait plus de se taire, et d'attendre, et de ne rien voir venir. Adélaïde lui indiqua qu'il devait s'astreindre malgré tout à cette discipline pendant encore cinq jours – il fallait que le manque soit creusé, profond, douloureux, comme une plaie à vif, car l'absence révélerait la puissance, l'évidence, l'impatience de la présence.

Était-elle sûre de ce qu'elle faisait, demanda-t-il ?

Oui, affirma-t-elle.

Et ensuite ?

Ensuite il verrait. Quelque chose se creusait en lui également. Il fallait accepter. Il était samouraï, elle était son daimyo. Antonin désobéit toutefois presque aussitôt à son daimyo et marauda le dimanche après-midi autour de la rue Servat, dans le quartier de Fleur. À défaut de lui parler, il espérait l'apercevoir, sans être vu lui-même.

Ce fut en pure perte puisqu'elle se divertissait à la mer.

Bref, il ne se produisit rien de notable ces deux jours-là.

Sixième jour

18.

La Brigade réunie en briefing apprit finalement la nouvelle vers 8 heures ce lundi-là : on avait de la bave. Sur la victime. Dans ses plaies. On gardait donc le dossier. Et on pouvait se mettre pour de bon à l'ouvrage, avec le feu vert du parquet. Diane et Willa passèrent la matinée ensemble, à effectuer un travail de police laborieux : de 9 heures à midi, elles sonnèrent successivement chez les douze habitants de l'immeuble que les flics de Flétan n'avaient pu voir au cours de leur enquête de voisinage. La plupart étaient au travail, on trouva leurs coordonnées, on les appela. Tous affirmèrent qu'ils n'avaient rien entendu voici sept nuits ; quand on leur transmit son portrait, ils confirmèrent qu'ils ne connaissaient pas le visage de la jeune fille démembrée sous leur porche.

Les deux jeunes femmes rentrèrent bredouilles, vers l'heure du déjeuner.

Dans le hall du 36, elles trouvèrent le facteur. Le colis qu'il apportait était d'une taille peu conventionnelle : c'était un paquet long d'environ un mètre, large et profond de quinze centimètres, recouvert de papier kraft. L'adresse, écrite d'une main maladroite, enfantine, indiquait :

« Markowicz, Brigade des Goules, 36 avenue du Président-René-Coty ».

Avec Willa, elles se chargèrent du colis et l'apportèrent directement au commissaire. Elles le trouvèrent dans le bureau de son adjoint, en train de fumer, les yeux mi-clos. Bosco, assis sur un angle de son bureau, une fesse dans le vide, dévorait un club-sandwich triangulaire jambon-crudités-mayonnaise. Les deux flics se taisaient de conserve, l'air parfaitement d'accord.

Quand Willa leur montra le colis, Bosco regarda le commissaire, qui hocha la tête.

Le minuscule commandant demanda aux deux jeunes femmes :

– À votre avis, vous nous apportez le bras droit, ou le gauche ?

*

Markowicz n'avait pas besoin d'attendre les détails. L'envoi de ce bras confirmait son intuition : le meurtre constituait une menace *contre eux*... Il quitta la pièce pour aller méditer dans son propre bureau, s'assit lourdement, se roula une cigarette, assez lamentable, dont la moitié du tabac tomba au moment où il se penchait pour l'allumer. Fichue dyspraxie...

Il plissait les yeux.

Il devait décider si on poursuivait l'enquête, et dans quelles conditions, face à un tueur qui voulait jouer avec eux.

*

Bosco nota dans son carnet :

« *La mise en scène de la rue des Artistes était la chèvre à son piquet.* »

Ce qui était assez évasif. Puis il demanda à Willa si elle avait manipulé le paquet. La lieutenante provisoire rougit et bredouilla des excuses – oui, bien sûr, elle avait pris le colis sans précautions.

Quand apprendrait-elle les bases du métier ?

Bosco alla se munir d'un kit de scène de crime, dans la cuisine, et enfila des gants de chirurgien. Il déballa le papier kraft avec soin. Le colis consistait en une boîte hermétique en polystyrène. À l'intérieur de ce contenant étanche, la glace avait fondu dans les sachets plastique qui tapissaient le fond – mais le bras droit humain, féminin, jeune, sectionné à mi-humérus, était encore frais. La main raide portait deux bagues, fines, des bijoux fantaisie en argent, à l'annulaire et au pouce. Les ongles étaient vernis, aucun n'était cassé ni ne portait de rayures.

Bosco souleva le bras tranché au bout de ses pinces chirurgicales, le retourna sur la toile cirée de son kit.

Sous le bras, un cliché Polaroid, glissé dans un sachet plastique, servait de carte de courtoisie ou de mot d'accompagnement. Il représentait une inconnue, allongée sur le ventre, apparemment sur une table et dans un endroit éclairé artificiellement. Sur la photo, qui était coupée juste au-dessous des fesses de la victime, on ne voyait que le dos et le visage de trois quarts dos, sous une masse de cheveux sombres.

Bosco prit la loupe posée sur son bureau,

regarda. Cela pouvait être la victime de la rue des Artistes. Cela pouvait aussi être n'importe quelle fille qui lui ressemblait. Au moment de la prise de vue, le modèle photographié avait ses deux bras, étendus le long de son corps sur la table assez étroite. Et dans le dos, il avait un tatouage, assez récent, qui représentait un serpent enroulé sur lui-même, prêt à cracher son venin – exactement le même tatouage que celui que Bosco avait vu, à la morgue, sur leur victime de la rue des Artistes.

Était-ce leur victime ? Bosco en avait presque la certitude – mais il ne se fiait jamais à ce genre d'impressions.

Il retourna le Polaroid. Au dos et au feutre noir, une fine écriture, nerveuse, annonçait : « *La prochaine fois, ce sera elle* ». Elle ? Qui ça ?

– Bien, dit-il en relevant les yeux.

– Vous… vous croyez que c'est le bras droit qui manquait rue des Artistes ? demanda Jobert, qui l'avait regardé faire sans un mot.

– Je le suppose. Et je suppose que c'est la même victime, avant amputation, sur la photo. Même si je ne comprends pas le sens de la menace.

– On pourrait… Il faudrait tout de même demander une vérification d'ADN, non ?

Bosco invita Willa à quitter les lieux, demanda à Diane de l'attendre quelques minutes. Il alla voir si Jimi était enfin arrivé, mais il n'était pas dans la salle de brigade. Il passa prévenir Léon qu'il s'apprêtait à aborder des questions importantes avec Jobert, puis il revint s'enfermer avec la jeune capitaine, pour la deuxième fois en moins d'une semaine.

– Capitaine, savez-vous exactement ce que nous faisons, ici ?

– Oui. Nous essayons d'empêcher les goules de tuer des gens. Et nous retrouvons les goules qui le font quand même. *Grosso modo*.

« Diane » lui avait répondu un peu vite, comme une élève cherche à convaincre son prof qu'elle a bien fait ses devoirs…

– *Grosso modo*, effectivement, convint Bosco. Notre tâche consiste à identifier formellement les goules, à les mettre à la disposition des autorités sanitaires, vétérinaires et/ou judiciaires selon leur état, et à les empêcher de tuer, au besoin en exerçant sur elles une violence proportionnée au risque qu'elles représentent. C'est très clair pour vous ?

*

L'allusion à la « violence proportionnée », c'était certainement un rappel de ses errements passés. Jobert approuva en grimaçant.

– Mais nous avons une autre fonction, reprit le commandant-pygmée en nettoyant ses lunettes. Elle consiste à expertiser certains meurtres pour déterminer si le criminel nous concerne, ou si nous devons transmettre le dossier à Brabant, le patron de la Crim…

– Et nous venons d'apprendre que nous devons transmettre, c'est ça ?

– L'envoi postal de ce bras confirme effectivement que le meurtre n'est pas une attaque de goule. En tout cas, pas seulement. Et les ordres sont parfaitement clairs : dès la réception de ce bras et de la menace sur Polaroid, qui manifeste une intention criminelle, nous devrions passer l'enquête à la brigade criminelle.

« Et merde ! » songea Jobert. Pour une fois qu'il se passait quelque chose avenue du Président-René-Coty.

– En fait, cela fait six jours que nous aurions dû passer le dossier, précisa le commandant. Nous n'aurions jamais dû le prendre. D'autres lésions infligées au cadavre nous indiquaient dès le début que l'affaire n'était pas de notre compétence. Les bras de la victime ont été sciés net, par exemple, et une goule ne scie pas ses victimes…

Elle ne comprenait plus. Où voulait-il en venir ? La Brigade avait commis une erreur ?

– C'est une faute, comprenez-vous ? insista-t-il.

– Mais… la bave ?

– Oui, cela nous a surpris. Disons que le tueur a probablement trouvé le moyen d'en ajouter sur la scène de crime. Ou bien peut-être a-t-il travaillé avant ou après une attaque, ce qui suppose dans ce cas qu'il a attiré une goule sur les lieux de son crime.

Il en parlait comme s'il savait la vérité depuis le début. C'était ça, qu'il essayait de lui dire ?

– La bave vous a surpris ? demanda-t-elle. Vous vous doutiez de tout depuis le début ?

– Non. Nous *savions pertinemment*, depuis le début, que le criminel dans cette affaire n'était pas une goule, répondit-il. Nous en étions certains.

Elle se sentit dépassée. La Brigade avait sciemment outrepassé ses compétences ?

*

– Je dois vous avouer quelque chose, capitaine, ajouta Bosco. Le lieutenant Jimi Hendrix et moi-même, nous avons maquillé le cadavre, lors de l'autopsie que nous avons pratiquée voici trois nuits.

Dans les yeux de la jeune femme, il voyait qu'elle perdait pied.

– Je ne…

– Vous ne comprenez pas ? fit une voix derrière eux. Eh bien essayez…

Bosco se retourna en même temps que la jeune capitaine : le commissaire était sur le seuil de la porte communicante entre leurs deux bureaux. Il les regardait, du haut de ses deux mètres.

*

– Écoutez-moi, Jobert, dit Markowicz. Écoutez-moi très, très, très attentivement…

Elle éprouva l'impression désagréable de rétrécir sur son fauteuil, un escargot entrant dans sa coquille – exactement comme lorsqu'elle avait 8 ans et qu'elle affrontait son père. Le commissaire avait l'air agacé et grave en même temps – de quoi lui en voulait-il ?

– Je vous refais une dernière fois le tableau complet, dit-il. *Primo*, certains crimes ne relèvent pas de la justice. *Deuxio*, certains flics ne sont plus en état d'être OPJ. Temporairement, ou définitivement. C'est mon cas, à cause… de mon infirmité.

Il souleva sa canne, puis se laissa tomber dans le fauteuil de Bosco, que celui-ci venait de libérer. Mais il était aussi impressionnant assis que debout.

– … Vous, c'est parce que vous avez fait un carton, poursuivit-il. D'autres, c'est pour d'autres raisons encore…

Jobert saisit le bref échange de regards avec Bosco et nota cette question, pour l'avenir – pourquoi le minuscule commandant, lui, ne pouvait-il plus être OPJ ? Le commissaire reprenait déjà :

– En reconnaissance des services éminents que j'ai rendus, dans le passé, on m'a accordé un privilège : dans cette Brigade, je commande quelques flics qui n'ont plus le droit de l'être, afin d'arrêter, de temps en temps, des criminels qui n'en sont pas. Vous voyez l'idée ?

Elle opina du chef, même si elle aimait moyennement l'idée d'être assimilée à des flics au rancart…

– Il se trouve que notre existence agace au plus haut point certains de mes collègues. Notamment le commissaire Brabant, votre ancien supérieur et mon ancien numéro deux. Brabant ne m'aime pas.

« Vous ne m'aimez pas non plus, songea Jobert intérieurement. Et je vous le rends bien. » Elle ne répondit rien.

– Si nous commettons la moindre erreur, si nous empiétons aussi peu que ce soit sur son territoire, Brabant en profitera pour obtenir la dissolution *sine die* de mon unité. Or, je n'ai aucune intention de me retrouver à la retraite anticipée. Il se trouve par ailleurs que je n'aime pas les Ganelon, capitaine.

Tout d'un coup, Jobert n'eut plus le sentiment

d'être devant son père, mais devant ses professeurs de français, à l'internat disciplinaire… Dans les trois dernières phrases du commissaire, il y avait deux mots qu'elle ne connaissait pas. Elle demanda :

– Les « Ganelon », c'est quoi, exactement, commissaire ?

– Des félons. Des traîtres. Des salauds.

– Et *sine die* ?

Le commissaire la transperçait des yeux.

– Savez-vous lire, capitaine ? demanda-t-il sans lui répondre.

– Je… je vous demande pardon ?

– Avez-vous lu Steinbeck, ce petit livre, *La Perle* ?

Il venait de le sortir de sa poche et le brandissait sous son nez.

– Euh… non.

– Dommage, cela nous aurait fait gagner du temps.

Il avait soupiré, mais enchaîna de façon parfaitement inattendue :

– J'entends des chansons, dans ma tête.

Le tour que prenait cet entretien était véritablement déroutant.

– Pas vous ? insista le commissaire.

– Si, parfois, admit Diane.

– Intéressant…

– Quel genre de chansons entendez-vous dans votre tête, capitaine Jobert ? demanda le minuscule commandant.

– Eh bien, ça dépend… Ce que j'ai retenu le matin à la radio… Des trucs que j'aime bien…

Ou une chanson à laquelle je pense, à cause d'un mot, d'une phrase, d'une expression…

– Je ne vous parlais pas de ça, la coupa le commissaire. Les chansons que j'entends n'existent pas ailleurs que dans ma tête. Elles sont propitiatoires… Elles m'avertissent. Un peu comme des prémonitions, si vous voulez. Vous connaissez ce mot, « prémonitions » ?

Oui. Cette fois, elle connaissait presque tous les mots. À part « propitiatoire ». Mais c'était le sens général qui lui échappait…

– Rue des Artistes, j'ai entendu deux chansons, capitaine. Celle de la famille et celle de l'ennemi.

Était-il sérieux, là ? On nageait en plein délire, non ?

– Et effectivement, ma famille, la Brigade, est en danger de mort, ajouta-t-il. Si quelqu'un apprend que nous sommes en train d'enquêter sur un meurtre qui ne nous concerne pas, elle sera dissoute.

Ce que Markowicz racontait ressemblait à un serpent qui se mord la queue : il enquêtait sur une affaire parce qu'elle était dangereuse, mais elle était dangereuse parce qu'il menait l'enquête.

– Dans ce cas, pourquoi gardez-vous cette affaire, commissaire ?

– Quand il y a un problème, je préfère aller au-devant, répondit-il. Plutôt que d'attendre qu'il me surprenne. Vous aussi, si j'en crois vos états de service.

Stupidement, elle hocha la tête.

– Puis-je compter sur vous, capitaine ?

Jobert lut dans les yeux du commissaire une

lueur un peu démente – pour le moment, il lui demandait seulement de mentir au reste de la police, de tricher avec ses anciens supérieurs, de commettre des actes interdits par les règlements, et d'enquêter clandestinement. Mais il pourrait lui demander bien pire encore… « Diane » sut qu'il exigeait d'elle, en cet instant, une dévotion absolue, aveugle. Elle qui, deux minutes plus tôt, songeait qu'elle ne l'aimait pas, s'entendit répondre :

– Je n'ai qu'une face, commissaire. Une seule face.

– Très bien, dit-il.

Il se leva, s'apprêta à retourner chez lui, mais se retourna à la porte.

– Encore une chose, *Diane*… Si vous n'êtes pas le principal danger pour la Brigade, réfléchissez : qu'est-ce qui peut la menacer, selon vous ?

– Vos chansons de l'ennemi et de la famille… Vous les avez entendues avant ou après avoir décidé d'enquêter ?

Markowicz sourit.

– Oui. C'est effectivement l'une des questions qu'il convient de se poser. Cela fait trois jours que j'essaye de m'en souvenir précisément.

*

Quand Markowicz fut sorti, Bosco demanda :

– Vous comprenez désormais pourquoi nous n'allons pas demander l'expertise ADN de ce bras droit, capitaine ?

– Parce qu'il n'existe pas, c'est ça ?

– Exactement. Nous ne l'avons jamais reçu.

– Mais la fille, sur le Polaroid… C'est notre inconnue ?

– Je le suppose… Elle porte le même tatouage. Mais je ne comprends pas le sens de la menace, dans cette hypothèse.

Bosco se leva, essuya une poussière invisible sur sa blouse immaculée.

– Peut-être comprendrons-nous mieux ce que le tueur essaye de nous dire quand nous recevrons le deuxième bras.

19.

Cet après-midi-là, Fleur se demanda si elle n'irait pas traîner du côté de l'école du cirque où elle avait rencontré son fildeferiste préféré, plutôt qu'à la plage avec ses amies. D'ailleurs, elle n'avait pas très envie de faire trois heures de bus tous les jours. Elle avait plutôt très très envie de savoir ce qu'il advenait d'Antonin.

Elle décida de lui en faire la surprise, prit sa bicyclette, et traversa la ville.

Dans le bus pour les plages de Saint-Malo, Antonin nourrissait exactement les mêmes intentions, à la même minute.

Septième jour

20.

Jimi se pointa vers midi le mardi – ce qui était mieux que la veille, puisque la veille, on ne l'avait point aperçu du tout. Son T-shirt affirmait : « *Flique ta mère* ».

Quand le commandant lui eut raconté l'épisode du bras et du colis, il se leva, prit le Pola (sans précautions ni gants), le regarda attentivement (sans loupe) et dit :

– C'est la fille de la morgue.

– Vous êtes sûr, lieutenant ? demanda Bosco.

– À 100 %.

– À cause du tatouage ?

– Non, un tatouage, cela se reproduit, Gimli… J'en suis certain à cause de ses fesses. Il n'y a pas deux filles qui ont exactement les mêmes fesses, et lorsque j'en vois une paire, je ne l'oublie jamais…

Il se tourna vers les Parques, cligna de l'œil. Diane vit les trois « lieutenantes provisoires » grimacer en même temps, sur trois registres – choquée pour Gilberte, blasée pour Willa, salace et éventuellement complice pour Anna. Le commandant Bosco, lui, sembla trouver l'explication convaincante.

– Dans ce cas, quel est le sens de la menace

manuscrite ? demanda-t-il. Qui vise-t-elle ? Qui est le « elle », selon vous ?

– Ça…, dit Jimi en haussant les épaules avec désinvolture.

Il ne paraissait plus du tout concerné par la question. Il alla se servir un café, qu'il additionna d'une étrange poudre bleu vif, contenue dans un sachet minuscule et opaque, avant de le boire.

21.

Ce fut en effectuant ses vérifications habituelles sur les incidents rennais, le même soir, que le commissaire tomba sur l'avis de recherche. Il s'agissait d'une enquête administrative ouverte suite à la disparition préoccupante d'une jeune majeure. Sur la photo du dossier, la fille était brune, les yeux trop fardés, les traits un peu lourds, un regard effarouché de faon blessé. On devinait qu'elle avait espéré au moment du cliché qu'il lui rendrait justice – on sentait aussi qu'elle savait déjà qu'elle serait moins jolie qu'espéré. La photo était coupée aux épaules, mais tout indiquait qu'au moment où un proche l'avait prise, la jeune fille avait encore ses deux bras. C'était, sans aucun doute, la victime de la rue des Artistes.

Les flics de Rennes n'étaient pas au courant de sa sinistre fin – ils n'avaient pour l'heure aucun élément permettant de juger sa disparition suspecte. Mais la jeune fille était tout de même dépressive. Ils avaient donc fait des vérifications sur ses derniers appels et à son domicile – sans perquisition, selon l'usage des « enquêtes administratives ».

Le dossier ne comportait presque aucun détail. Le résumé de la main courante suffisait cependant à Markowicz pour comprendre qu'il s'était trompé à propos du sens de ses chansons.

Il appela sa fille aînée. Le téléphone mobile de Fleur était sur boîte vocale. Le commissaire hésita un instant à laisser un message, choisit finalement de s'abstenir. Que lui aurait-il dit ?

« Fleur, j'appelle pour savoir si tu es encore en vie, parce qu'un fils de pute tue des filles de ton voisinage pour se venger de moi, et que tu es la prochaine sur la liste » ?

Il sortit la bouteille de whisky australien encore plus tôt que d'habitude, se servit un verre, puis un autre, mais renonça finalement à boire au milieu du deuxième.

Il appela un service de location de véhicule, et dit :

– Je voudrais une voiture. Boîte automatique. Immédiatement.

22.

Vers minuit, lorsqu'elle constata que son père tentait de la joindre une troisième fois en trois heures, Fleur ne sourit pas. Elle avait espéré que cette fois, ce serait Antonin.

Elle n'avait toujours pas de nouvelles. Avait-elle été conne de ne pas lui répondre, et de le battre froid ? Était-elle stupide d'attendre encore un signe de sa part ? Fallait-il « s'amuser », comme le suggérait Capucine, « perdre la tête », comme l'affirmait Emma, « chercher un autre garçon, coûte que coûte » pour passer le cap qu'elle s'était promis de passer, comme le suggérait Priscilla ?

Au fond, elle n'était plus très sûre d'en avoir envie avec un autre qu'Antonin.

Était-ce si pressé ?

« Oui », disaient ses amies. Et même d'autant plus qu'elle reculait.

« Si ça se trouve, il est désespéré et s'est jeté dans la Vilaine. » L'idée ne fit même pas sourire Fleur… Au contraire elle sentit un frisson lui glacer l'échine. « Tu penses toujours au pire », lui disait sa mère. « Papa dit que le pire est toujours sûr », lui répondait-elle.

– Papa. Nous y revoilà, dit-elle à voix haute,

selon son habitude quand elle réfléchissait (devant son miroir ou ailleurs).

Ses amies la dévisagèrent, stupéfaites.

Markowicz ne lui avait laissé aucun message. C'était curieux, ces trois appels successifs dans la soirée, sans message, trois jours après lui avoir déjà parlé. Fleur ne se souvenait pas de deux appels si rapprochés de son père depuis…

Depuis huit ans, et son départ ?

La roue tournait. Il y a moins d'une semaine, le soir de son bac, elle faisait la morte pour Antonin, qui insistait, et décrochait pour son père. Aujourd'hui, c'était l'inverse.

« La morte… » C'était une étrange façon de parler, à bien y réfléchir. Et toujours glaçante, quand on l'associait à un coup de fil du commissaire Markowicz.

Quand elle rentra chez elle, à 1 heure du matin, quelques poignées de minutes avant que sa mère réintègre le foyer à son tour, Fleur ne remarqua pas qu'une ombre patientait, dissimulée sous un porche dans la rue Jonquet.

L'ombre la regarda passer.

DEUXIÈME PARTIE

Huitième jour

23.

Le surlendemain du premier colis, un deuxième paquet arriva à la Brigade.

De même forme oblongue, il était enveloppé du même kraft et portait la même écriture que le précédent – ces capitales maladroites tracées de la main gauche. Cette fois, le commandant-pygmée installa son kit de scène de crime dans la salle de brigade. Il prit d'infinies précautions pour l'ouvrir avec une pince à épiler et un scalpel, sans risquer d'altérer de futurs prélèvements. Il déballa le second bras (le gauche, donc), conservé dans une boîte en polystyrène isolante identique à la précédente. Illusion macabre ou effet de la corruption des chairs, la peau semblait d'un bleu plus violacé que celle du membre reçu deux jours plus tôt. Le dingue avait griffonné un autre petit mot, au feutre noir indélébile, sur un autre Polaroid. La photo était celle de l'inconnue numéro un, cette fois allongée sur le dos, donc parfaitement identifiable – son visage, son thorax et son abdomen ravagés, et le bras droit déjà sectionné. Une scie à métaux était posée sur le ventre.

«*JE T'ESPÉRAIS PLUS TÔT*», disait le message, en capitales d'imprimerie.

Qui espérait-il?

Était-ce adressé à la victime, ou au commissaire ?

Après l'avoir notée dans son carnet, Bosco évacua cette pensée parasite et observa. Il prit le membre tranché, avec deux pinces à manipuler, et le retourna. Sur tout l'intérieur, l'épiderme était tatoué de motifs différents, notamment ces mots en lettres gothiques, à l'intérieur de l'avant-bras : « *L'expérience est une flamme qui brûle ceux qu'elle éclaire…* » Ainsi qu'une date, en chiffres romains, remontant dix-huit années plus tôt.

Bosco se tourna vers ses subordonnés et dit :

– Maintenant, nous savons pourquoi il avait enlevé les bras. Le gauche permettait d'identifier sans doute aucun, et rapidement, sa victime.

– Et dans ce cas, pourquoi il nous l'indique maintenant ? demanda Diane.

– Parce qu'il veut que nous le retrouvions, répondit le lieutenant Toussaint Fermeture (dit Jimi Hendrix) qui venait d'entrer dans la pièce, les mains dans les poches.

– Probablement, ajouta Bosco. Il escomptait d'ailleurs que nous nous passerions de cet indice, il nous « espérait plus tôt ». Mais faute de jugeote de notre part, il nous adresse le bras pour que nous avancions.

– C'est un jeu ? demanda Willa.

– Oui, répondit Bosco, imperturbable. Il nous teste, apparemment.

– Ou peut-être nous attire-t-il dans l'ordre organisé par sa folie, corrigea Jimi. Dans ce cas, c'est plutôt un piège qu'un jeu.

– Et nous, nous allons y plonger tête la première, murmura Bosco.

Le grand échalas à la coupe afro se retourna vers Gilberte.

– Maman, tu lances la recherche. Disparue. Née le 18 avril. Âgée de dix-huit ans. Portant des tatouages de fleurs, ainsi que l'inscription «*L'expérience est une flamme qui brûle ceux qu'elle éclaire…*» sur le bras gauche.

– C'est inutile, fit Bosco. Elle s'appelle Valentine Manant. Elle a dix-huit ans, a disparu depuis huit jours, mais sa mère ne s'en est inquiétée qu'hier.

Bosco sortit la liasse imprimée que Léon Markowicz avait laissée sur son bureau la veille au soir, avant de quitter les lieux. C'étaient les détails de l'ouverture d'une enquête administrative à propos d'une majeure disparue, à Rennes, la semaine précédente.

– À Rennes ? demanda Jimi pour être sûr.

– Oui, répondit le commandant. Le Patron nous y attend. On délocalise.

24.

Ils descendirent au sous-sol, où la Brigade disposait d'un demi-étage de parking pour stocker ses archives et son matériel. Bosco expliqua le *modus operandi* à Diane : Anna, Willa et Gilberte voyageraient dans « La Brigade volante » – une sorte de camping-car aménagé qu'on lui fit visiter succinctement. Le camion transportait du matériel d'enquête, une table de dissection, une cage pour capturer les « spécimens ». Vu la vitesse à laquelle avançait leur équipage, les trois Parques ne seraient sur place que pour le goûter, dit Bosco. Il demanda à Diane si cela l'ennuyait de prendre le volant de sa propre voiture, pendant qu'il lui lirait les différents éléments dont on disposait.

Jimi, lui, avait sa moto.

– Au fait, Diane, demanda le minuscule commandant. Vous n'avez pas d'affaires pour vous changer ?

– Heu, non… Je ne savais pas que…

– Tant pis. Pas le temps de s'en occuper maintenant.Vous trouverez une solution, j'en suis sûr.

Les principales révélations que le commandant lui énonça pendant qu'elle prenait l'autoroute de l'Ouest relevaient de l'enquête administrative.

C'était la mère de Valentine Manant qui avait déposé une main courante. Michèle Manant, 53 ans, habitait seule en pleine campagne. Sa fille, majeure, était scolarisée en terminale au lycée Arroyo et vivait dans un studio à Rennes. Pour payer son loyer, elle occupait un poste de caissière à temps partiel chez Carrefour.

– Michèle Manant s'est inquiétée parce que sa fille avait des antécédents psychiatriques.

– Quel genre d'antécédents ? demanda Diane.

– Deux tentatives de suicide, à quinze ans.

« Tu m'étonnes, songea Diane. Seule avec sa mère, à la campagne… »

– Les collègues ont fait des vérifications, dans le cadre prévu par la loi, reprit Bosco. Tournée des hôpitaux, des morgues, visite au domicile sans perquisition… Ils ne peuvent pas faire plus parce qu'ils ne disposent d'aucun élément suspect, et que Valentine est majeure.

– Qu'est-ce qui a alerté la mère ?

– Elles se parlaient une fois par semaine au téléphone, mais là, depuis dix jours, silence radio.

« Et pour cause », songea derechef Diane, cette fois en pensant aux photos de la scène de crime, rue des Artistes.

– … Cela arrivait, précisa le commandant. Mais ce qui a définitivement inquiété la mère, c'est le bac. Deux amies de Valentine ont confirmé qu'elle ne s'était pas présentée à son oral de LV2, le 28. La dernière fois qu'elle a été vue dans son immeuble, c'est le 21 au soir, apparemment.

Quand Bosco eut terminé son rapport, Diane conduisit un temps dans un silence relatif. Elle réfléchissait à tout ce qu'elle venait d'entendre, ne sachant par quel bout le prendre. Quel rapport avec la Brigade ? Pourquoi le tueur avait-il amené la Bretonne morte et mutilée à Paris – sous leur nez ? Et quel était le sens de ses menaces ?

Bosco toussa.

– À propos de Rennes… Il y a une chose que vous êtes la seule à ignorer, Diane, et qui a son importance, dit-il.

Elle sentit qu'elle allait apprendre le truc clé qui expliquait que toute la Brigade (même Jimi) avait accepté sans regimber de déménager dans l'heure.

– Le commissaire Markowicz a deux filles, dit Bosco. Elles vivent avec son ex-épouse, à Cesson-Sévigné, dans la très proche banlieue de Rennes. Elles ont dix-sept et dix ans. Et Fleur, l'aînée, est scolarisée au lycée Arroyo… Comme Valentine Manant.

Il toussa de nouveau.

– Comprenez-vous ?

– Celle que menaçait le tueur sur le Pola qu'il a envoyé à Markowicz… c'était sa fille de dix-sept ans ?

– Oui. Sans aucun doute.

Bosco lui donna des détails sur la situation maritale et paternelle de Markowicz. Le commissaire avait mis sa famille « à l'abri » il y a dix ans, alors qu'il travaillait encore à la Crim – il les avait installées, toutes les trois, à Rennes. À l'abri de quoi ? D'éventuelles vengeances de criminels, mais surtout à l'écart des violents et des pervers qu'il côtoyait tous les jours. Dans une illusion de refuge. Deux ans plus tard, le couple se séparait, alors que les filles avaient 9 et 2 ans. Depuis, Markowicz ne les voyait plus que très épisodiquement, et sans grande satisfaction d'un côté comme de l'autre.

– La façon dont Léon sait être père, c'est d'imaginer le pire pour ses filles et de les en protéger. Vaille que vaille. En l'occurrence, ce qui arrive ne le surprend pas, évidemment.

– Et son ex? Elle est au courant?

– Ne dites jamais « son ex », Diane. Pas devant lui. Pour lui, Anne-Cécile reste sa femme, à jamais.

Il se racla la gorge.

– Il est absolument fou d'elle. Excessivement. Dangereusement.

– Ah?

– Cela dit, ça m'étonnerait qu'elle soit au courant de la situation. Ils ne s'adressent jamais la parole.

Bosco appela le Patron à une dizaine de kilomètres de l'arrivée.

– Nous arrivons, dit-il.

– Très bien. Je suis là dans une demi-heure.

Jimi les attendait déjà derrière le portail ouvert, sur le parking en gravier de leur domicile provisoire. Il avait eu le temps de récupérer les clés, et de se servir un verre de grenadine qu'il sirotait, les pieds posés sur une table en bois, dans sa pose préférée. Il avait dû rouler exagérément vite.

25.

La maison réservée en urgence ce matin par le lieutenant intérimaire Gilberte était un peu à l'extérieur de Châteaubourg. Pour répondre aux exigences précises de Bosco, elle se situait à moins d'une demi-heure de Rennes, disposait selon l'agence de six chambres, des pièces de réception habituelles, ainsi que d'une bibliothèque ; d'un jardin protégé par de très hautes haies qui rendaient invisibles l'entrée et le parking, derrière le portail d'acier ; de volets électriques inviolables ; d'une connexion très haut débit…

À part ça, elle était parfaitement banale.

Le commandant désactiva le système interne de caméras de surveillance – il détestait être filmé. Puis il fit, en attendant Markowicz, un tour rapide des lieux et organisa mentalement la Brigade. Les Parques accompliraient leur besogne de soutien logistique et de recherche et dépistage dans le salon, sur les tables de camping pliantes ; les briefings et le PC de commandement (son bureau, pour être simple) seraient dans la salle à manger ; le commissaire se sentirait parfaitement bien dans la bibliothèque, qui disposait d'un réduit où on pourrait dresser le lit de camp. Ainsi, Léon ne serait pas dépaysé. Il avait horreur de l'être.

Le commandant sortit du sac plastique qui avait voyagé à ses pieds le roman et le whisky entamés du Patron. Il les installa respectivement dans les tiroirs de gauche et de droite du bureau qui occupait le centre de la bibliothèque.

Voilà qui était fait.

Restait la question de l'hôtellerie – qui dort où ? –, assez simple à régler. Et celle de l'intendance – qui mange quoi, où, quand ? –, infiniment plus compliquée dans une Brigade comportant une végétarienne militante, un alcoolique, un Jimi Hendrix, lui-même (qui avait des besoins très fréquents et spécifiques) et la délicieusement réfrigérante Anna, qui surveillait sa ligne.

Bosco n'avait pas aperçu, durant les dernières minutes de trajet, la moindre sandwicherie, et il craignait d'avoir faim rapidement. Il sortit sur le seuil.

Diane était restée dans le jardin, elle avait rejoint Jimi Hendrix à la table et discutait avec lui de choses et d'autres : la cylindrée de la moto du second ; le calibre des armes de la première. Toujours cette façon absurde qu'avait l'*homo sapiens* de vouloir résumer la puissance – donc la mort – en quelques chiffres concernant du métal… Bosco savait que 50 cm d'une bonne machette pouvaient être aussi mortels que les 9 mm Parabellum du Glock 19 de Diane. Les 800 cm^3 de la Triumph de Jimi devaient l'être aussi, plus accidentellement.

Mais tout cela n'était pas comparable ni quantifiable…

*

De temps en temps, Diane jetait des coups d'œil au commandant Bosco qui les écoutait depuis dix minutes, immobile sur le seuil. Cette présence silencieuse la gênait. Elle se demandait ce qui se passait dans la tête de l'homoncule. De tous les membres de la Brigade, le commandant était le plus amical, le plus bienveillant en apparence – mais il ne semblait pas, en revanche, susceptible de devenir votre ami. C'était comme si la distance qu'il gardait en toute chose lui servait de bouclier. D'où lui venait cette méfiance ?

Jimi dit à voix haute, comme s'il avait entendu ses pensées :

– Génocide. Ses voisins se sont massacrés entre eux, et la moitié de son cousinage a machetté ses huit frères et sœurs et ses parents. Ça confère une certaine idée de l'humanité…

L'instant d'après, Markowicz arrivait.

Il entra dans le jardin au volant d'une puissante voiture allemande. Diane se leva. Jimi dit, sans bouger d'un centimètre :

– Boîte automatique. À cause de sa jambe. Quel gâchis !

Lorsque le commissaire se fut extrait, difficilement, du véhicule qui semblait trop petit pour lui, il annonça d'un ton sec :

– Réunion des officiers. Immédiatement.

Ils lui emboîtèrent le pas. Bosco les guida jusqu'à la bibliothèque.

26.

C'était la première fois que Diane assistait à un « briefing des officiers », exceptionnellement délocalisé. Elle devina que les choses devaient se passer exactement de la même façon dans le bureau de Markowicz.

Le commissaire s'était laissé tomber dans un fauteuil du salon.

Il avait confectionné, longuement, malaisément, une de ses cigarettes biscornues, puis avait sorti du tiroir de droite de son bureau d'adoption une bouteille de whisky. Bosco posa quatre verres sur le sous-main. Markowicz en emplit un, proposa la boisson à ses trois flics, qui déclinèrent successivement.

Il sécha son alcool, s'en versa un autre.

Autour de lui, ils restaient debout et se taisaient. Ils le regardaient fumer. Cela dura dix minutes, de silence absolu, pendant lesquelles Markowicz but un troisième verre. Diane respecta le rituel comme les deux autres. Au cours de cette semaine, elle avait appris une chose : chaque fois qu'elle ferait quelque chose la première, ce serait une connerie.

Au bout du temps mystérieusement imparti

au mutisme, Jimi prit la parole comme on tire la conclusion d'un débat :

– Donc, le premier bras était une menace que nous n'avions pas comprise. Le deuxième est en revanche un indice…

– Il a probablement estimé qu'on avait besoin du deuxième bras pour savoir qui il menaçait, supposa Bosco.

– Pas initialement, le reprit Jimi. Il pensait que le premier bras serait suffisamment clair, que nous comprendrions immédiatement qu'il menaçait Fleur. Il *espérait* la Brigade *plus tôt*.

– Il n'espérait pas la Brigade, mais moi seul, le corrigea Markowicz. C'est à moi que ce fils de pute adresse ses courriers.

– Justement, insista Jimi. Sans doute pensait-il que tu connaissais Valentine Manant, commissaire. Il était certain que tu la reconnaîtrais, même sans les bras. C'était peut-être une amie de Fleur, sa meilleure amie…

– Je serais au courant.

– Bien sûr que non, tu ne sais rien de tes filles.

Markowicz accusa le coup, mais ne pipa mot. Il plissa des yeux de façon véhémente. Du coup, Jimi arbora un rictus caustique, ce qui accentua l'humeur du Patron.

Diane vit que Bosco cherchait une idée de piste alternative pour le dérider.

Elle, elle cherchait simplement un truc intelligent à dire.

– C'est peut-être la psychologie classique du *serial killer* ? tenta-t-elle. Il veut être pris. C'est pour ça qu'il nous indique dans quelle ville et dans quelle direction on doit chercher…

– Je ne pense pas, objecta Markowicz, toujours contrarié. Le *serial killer* tue au gré de ses pulsions. Notre fils de pute, au contraire, ne vise qu'une cible, ma fille. Il a choisi sa première victime rationnellement, en fonction de celle qu'il projetait ensuite.

– Oui, railla Jimi. Il se venge de toi en coupant des bras et en éventrant des filles. C'est parfaitement rationnel…

– Si tu considères qu'il voulait être certain que je sois mis au courant, oui.

Markowicz venait de marquer un point. Si bien que Jimi bouda à son tour. Ils se turent de nouveau. Longtemps. Markowicz but un verre, alluma une cigarette, regarda dans le lointain.

Diane commençait à avoir mal aux jambes, à force de rester debout, les bras ballants. C'est elle qui lança la deuxième manche des réflexions à bâtons rompus, avec sa question :

– Mais au fond, si ce n'est pas un psychopathe, pourquoi voulait-il que vous soyez au courant ?

– Il veut que je sache que Fleur est en danger, répondit Markowicz. Logique.

– Expliquez-moi ça, Léon ? demanda Bosco. En quoi est-ce logique ?

Le quasi-nain avait ouvert son carnet à spirale sur ses genoux. Le Patron se mit à expliquer d'une voix lointaine :

– Si un assassin avait tué ma fille sans me prévenir, je lui en aurais follement voulu, d'accord ?

Ils hochèrent la tête tous les trois – sauf Jimi, qui continuait de ricaner…

– Mais ce fils de pute-là veut davantage, fit Markowicz sans lui prêter attention. Il veut me punir au centuple. Maintenant que je suis au courant, si je ne parviens pas à l'empêcher de tuer, ce n'est pas à lui que je ne pourrai pas pardonner. Mais à moi-même.

Il avait parlé sur un ton qui indiquait qu'il avait déjà longuement médité la chose. Sans colère. Comme s'il n'était pas l'enjeu de cette vengeance, et sa fille la cible. Jimi sortit de sa bouderie sarcastique, et médita à son tour à voix haute :

– Il y a pire que le malheur. Il y a le fait de savoir qu'on aurait pu l'empêcher.

– Oui, répondit Markowicz. Mais la théorie, je m'en branle.

Ils se turent de nouveau. Markowicz plissa les paupières, but un verre, *et cætera*.

– Le plus sage serait bien évidemment de prévenir les collègues de Rennes, Léon, dit finalement Bosco. Pour qu'ils protègent immédiatement le domicile d'Anne-Cécile et les allées et venues de Fleur.

– Bien évidemment, convint Jimi. Mais c'est impossible. Officiellement, Valentine est la victime anonyme d'une goule parisienne.

– On leur parle de menaces familiales, vaguement, insista le minuscule commandant. Sans faire de rapport avec Valentine…

– Pas un mot aux flics, trancha Markowicz. À mon avis, tant que le tueur n'a pas la certitude que je suis au courant, Fleur ne risque rien. C'est la raison pour laquelle je ne suis pas resté devant chez elle, cette nuit, et que je n'ai pas contacté les collègues sur place.

Il se servit un verre, le vida, ferma les yeux pour apprécier la brûlure.

– Si je mets ma fille sous protection, poursuivit-il, j'annonce au tueur que la partie est ouverte. Et à partir de là, il faut que j'accepte l'idée de perdre Fleur à n'importe quelle minute…

– Et donc tu veux faire quoi, commissaire ? demanda Jimi. Continuer de feindre l'ignorance ? Combien de temps ?

Markowicz ne lui répondit pas. Il contemplait la fumée qui montait de sa dernière cigarette, qui avait la forme d'une petite crêpe ventrue, et dont un peu de tabac tombait régulièrement. Il dit rêveusement :

– Je l'ai juste regardée passer, dans la nuit.

Sans doute parlait-il de sa fille.

– Vous… vous avez prévenu Anne-Cécile ? osa Bosco.

*

Une demi-heure plus tard, on n'avait toujours pas avancé d'un pouce. On tournait en rond. On patinait en surplace. On pédalait dans le yaourt. Et Anna frappa à la porte de la bibliothèque, pour signaler l'arrivée de la Brigade volante.

– Briefing des officiers, lui répondit Bosco, gêné, en désignant la scène qu'elle venait d'interrompre (et en rougissant, ce que personne ne remarqua à cause de son derme).

Elle s'excusa et se retira.

Soudain, comme si cette immixtion avait été le signal qu'il attendait, le commissaire Markowicz annonça son plan.

– Ce qui importe, c'est que le tueur nous espère. Il veut que nous soyons au courant, sinon, sa vengeance sera imparfaite. Donc, tant qu'il n'était pas sûr que nous savions, Fleur ne risquait rien…

– Mais le deuxième bras de Valentine est un colis suivi, contrairement au premier, compléta Bosco.

– Oui, vous avez remarqué cela, Bosco ? Le fils de pute sait donc depuis ce matin que nous l'avons réceptionné. J'imagine qu'il a suivi la livraison sur Internet, depuis une fausse adresse, sur une machine achetée en liquide. J'imagine aussi qu'il a estimé le temps qu'il nous faudrait pour identifier Valentine…

Léon essaya de se rouler une cigarette, déchira le papier, s'y reprit à trois fois. Quand il fut parvenu à ses fins, il ajouta :

– Le fils de pute ignore que nous sommes sur place depuis hier. Nous avons donc obtenu un coup d'avance.

« *Vous* y étiez hier, traduisit Bosco. *Vous* aviez un coup d'avance, Léon. Comme toujours… »

– Donc dès ce soir, je vais mettre Fleur sous protection discrète et permanente, enchaîna son supérieur. Lui attribuer un ange gardien dont le tueur ne connaîtra pas le visage.

– Tu penses à Diane ? demanda Jimi.

– Oui. Elle ne fait pas partie de la Brigade depuis longtemps, elle a l'air d'avoir seize ans – il suffira qu'elle s'habille en lycéenne, et elle pourra traîner sans problème dans le sillage de Fleur et de ses copines.

Ni Markowicz ni Jimi ne semblaient se soucier

une seconde de savoir si Diane était d'accord. Ni par ailleurs si elle appréciait l'idée de ressembler à une gamine.

– Willa non plus n'a pas l'air d'un flic, remarqua Bosco. Et elle aussi pourrait passer pour une ado.

Diane faillit se récrier – « Mais bon sang, arrêtez de dire que j'ai l'air d'avoir seize ans… » –, mais le commissaire avait déjà rebondi sur la suggestion.

– Bonne idée, commandant, approuva-t-il. Willa ira avec elle en couverture. Chambre d'hôtel pour deux. Location d'un « sous-marin ». Elles ne doivent avoir aucun rapport physique avec nous, désormais – dans le cas où le tueur les repérerait puis les prendrait en filature. Communication à distance, une fois par jour, sauf urgence.

– Pendant ce temps, dit Bosco, on va faire la liste de tous les individus susceptibles de vous en vouloir au point de découper des jeunes filles pour se venger de vous…

Jimi bâilla. Diane remarqua qu'on ne lui confiait aucune mission. Apparemment, c'était la règle non écrite de la Brigade : Jimi ne faisait jamais rien.

27.

La rue Servat, à sens unique, marquait la limite entre le centre-ville, coquet, de Cesson-Sévigné, et ses quartiers les plus aisés. Côté des numéros pairs, c'étaient encore des immeubles assez bas, résidentiels. Côté des numéros impairs se succédaient des pavillons – dont celui des Arthal, au 23.

Diane passa au ralenti devant le domicile de l'ex-femme de Markowicz, au volant de l'imposant 4 × 4 à vitres fumées qu'elle venait de louer. Elle enregistra les informations, à travers la vitre avant droite, ouverte, de son véhicule : c'était une maison neuve, plantée sur une pelouse relativement neuve elle aussi, et séparée de la rue par une barrière de bois basse et encore plus neuve, peinte en blanc ; à côté d'autres maisons identiques identiquement installées sur des gazons identiques ; ce qu'il est convenu d'appeler un lotissement chic, et dont Diane pensait qu'ils n'existaient que dans les séries américaines.

Une fois le 23 dépassé, elle accéléra légèrement, tourna dans la rue suivante, vers la gauche, pour faire demi-tour et revenir aux premiers numéros.

Elle refit partiellement le chemin qu'elle venait d'effectuer, mais gara cette fois le 4 × 4 du côté des numéros pairs, le long des immeubles, une trentaine de mètres avant de repasser devant chez l'ex du Patron.

Sitôt qu'elle eut retiré la clé de contact, la climatisation cessa de projeter de l'air froid dans l'habitacle.

Diane ressentit l'atmosphère épaisse lui tomber dessus. Il faisait encore moite. Elle allait transpirer mais pas question de garder une fenêtre baissée, ni de faire un tour de quartier toutes les demi-heures pour réalimenter la batterie de la clim… À l'abri des vitres fumées, elle se glissa sur la banquette arrière pour se mettre à l'aise sans être visible. Elle sortit de sa poche son iPod, de son sac une paire de jumelles. Un coup d'œil à l'heure, sur le lecteur MP4, puis elle ficha les écouteurs dans ses oreilles.

La surveillance commençait.

Deux heures plus tard, elle avait écouté deux albums et demi de RATM, Casey et Zone libre. Elle avait par ailleurs observé assez peu de mouvements dans la rue Servat. Trois voitures plutôt coûteuses, récentes, avaient quitté leurs garages du côté des numéros impairs. Quelques passants avaient longé son 4×4, du côté des immeubles, pour entrer et sortir de chez eux, sans s'apercevoir de sa présence. Vu l'opulence générale, les habitants du quartier ne s'étonneraient pas de voir un Crossover comme le sien, calandres noires, chromes et vitres teintées, stationner durablement par ici.

Une maison dans ce genre d'endroit, cela devait coûter bonbon…

Diane se demanda si le commissaire versait de confortables pensions alimentaires à son ex et ses filles, puis se souvint de deux choses : d'une part, Anne-Cécile Arthal était psychologue, ce qui rapportait peut-être pas mal de fric ; d'autre part, Bosco lui avait conseillé de ne pas se mêler de la vie privée de Markowicz, en dehors des stricts impératifs qu'imposait sa surveillance.

Mais évidemment, on était tenté de se mêler de la vie privée de son patron, en ce genre de circonstances. Elle se demanda si elle apprendrait pour quelle raison exacte il s'était séparé de sa femme, et pourquoi il ne voyait presque jamais ses filles. Se pouvait-il qu'il ait été un homme violent ? C'était la première explication qui lui venait en tête.

Une nouvelle heure passa.

Enfin, Diane vit une blonde sortir du pavillon. Elle paraissait une grosse trentaine d'années, tout au plus. Allure sportive, juvénile, mince et énergique. La peau hâlée, des lunettes de soleil dans les cheveux blonds coupés en un carré assez flou. Elle portait une robe d'été décolletée, fluide et blanche, assez courte sur des cuisses fuselées, bronzées.

Une paire de ballerines, un petit sac à main framboise.

Diane la regarda monter dans le taxi bleu qui venait de s'immobiliser devant le pavillon des Arthal. Quand le véhicule eut démarré, Diane nota sur un carnet : « *sortie ACA / taxi / 20 h 15* ». Ensuite, elle prit dans son sac le dossier qu'on lui avait remis. Elle avait parfaitement mémorisé les noms et surtout les visages des membres de la famille Arthal. Si elle regardait la fiche d'Anne-Cécile, c'était pour vérifier son âge. Elle paraissait vingt ans de moins que Markowicz. Diane se demanda, paradoxalement, ce que le commissaire avait pu trouver, un jour, à cette femme-ado mince, blonde, lisse, sportive, jolie et encore très bien gaulée – lui si sombre, silencieux, tourmenté et alcoolique.

Deux minutes plus tard, elle vit sortir une vraie jeune fille, cette fois.

Fleur Arthal. Même blondeur sous un chapeau de paille tricolore, à la mode ; même allure élancée, même robe légère que sa mère, mais sur des baskets montantes ; et pas grand-chose qui rappelât son père, le géant boiteux. Fleur regarda des deux côtés, comme pour surveiller que la voie était libre, descendit en courant l'allée du pavillon, son portable vissé à l'oreille. Diane en déduisit que cette sortie n'était probablement pas officielle ni autorisée. Délictueuse ? Non, il ne fallait pas raisonner en ces termes. Simplement clandestine…

La jeune capitaine s'apprêta à quitter le 4 × 4 pour emboîter le pas à sa « cible », mais Fleur s'était arrêtée au pied de sa pelouse. Elle attendait quelqu'un. Moins d'une minute plus tard, une autre gamine arriva en scooter, s'arrêta le long du trottoir sans couper le moteur. Fleur lui dit quelque chose, éclata de rire, prit le casque que la pilote lui tendait et monta en amazone.

Diane leur laissa une vingtaine de mètres avant de démarrer derrière elles.

28.

Bien plus tard, Jimi Hendrix pénétra par effraction dans le commissariat de quartier de Rennes qui avait enregistré la main courante de Michèle Manant concernant la disparition de sa fille Valentine.

Plus encore que de falsifier ou de violer la loi, Jimi adorait s'introduire par effraction. Il le faisait aussi souvent qu'il le pouvait, n'importe où et n'importe quand. C'était une passion chez lui, plus délicieuse encore lorsqu'il se glissait dans un lieu surveillé par les forces de l'ordre – un plaisir de fin gourmet. Il avait des dons particuliers pour cela, la souplesse d'un chat, l'immanence d'un esprit, la discrétion d'un fantôme. Il avait également dans son sac des bombes aérosols qui lui permettaient de neutraliser les serrures de la plupart des portes, et les caméras de vidéosurveillance. En revanche, il ne portait jamais de gants ni de cagoule lors de ses opérations furtives – cela nuisait à son élégance flegmatique. Et il n'aurait pas sacrifié son élégance flegmatique à la prudence.

Il déambula quelques minutes dans la salle du commissariat, fouilla dans deux ou trois armoires à dossiers suspendus, finit par trouver ce qu'il cherchait – le dossier d'enquête administrative concernant Valentine Manant, qui contenait la main courante déposée par sa mère ; les éléments des vérifications effectuées par la police auprès de ses proches ; son adresse ; les coordonnées du concierge qui avait ouvert la porte du domicile quand on était allé vérifier que la jeune fille n'était pas morte dans son appartement.

Pas grand-chose de neuf, rien de déterminant. Apparemment, les flics n'envisageaient pas de demander l'ouverture d'une instruction.

Jimi nota quelques détails qui l'intéressaient, referma le dossier, rangea le tout. Puis il repartit, empruntant le mystérieux chemin par lequel il était venu.

*

Vers 2 heures du matin, le capitaine Jobert vit revenir la fille puis la mère, l'une après l'autre. La fille était sur le scooter dont Diane avait perdu la trace quelques heures plus tôt, après deux minutes de poursuite dans le centre-ville. La mère, en revanche, n'était plus en taxi. Elle était à bord d'une automobile conduite par un homme, qu'elle ne fit pas entrer chez elle, mais qui l'accompagna galamment à la porte du pavillon. Et dont elle prit congé en l'embrassant amoureusement.

Diane nota scrupuleusement l'immatriculation du véhicule, et tous les détails de ce qu'elle voyait, en s'efforçant de ne pas penser à ce que lui avait dit Bosco.

« Il est absolument fou d'elle. Excessivement. Dangereusement. »

« Surtout, dites-vous bien que tout ce qui touche à Anne-Cé est de la nitroglycérine, capitaine. »

Elle hésita encore, longtemps après que la dernière fenêtre du pavillon familial (celle sans doute de la chambre d'Anne-Cécile Arthal) se fut éteinte, avant de quitter les lieux.

Elle revoyait le visage grave du commissaire Markowicz, réentendait ses mots : « S'il leur arrive malheur, je serai le seul responsable. Mais, vous, ne commettez pas d'erreur coupable, Jobert. Pas une seule. »

Elle rejoignit finalement l'hôtel dont Maman lui avait donné l'adresse, tapa le code de nuit qu'on lui avait communiqué, monta à l'étage. Elle constata quand elle ouvrit la chambre que celle-ci était allumée, mais que Willa dormait sur le lit double. La petite lieutenante avait laissé une lampe de chevet allumée, comme un enfant un peu craintif ; elle ronflait légèrement, étendue sur le dos, entièrement nue sur les draps, peut-être à cause de la chaleur.

Willa portait un tatouage à cinq centimètres sous le sein droit, à la naissance des côtes – un mot ou un prénom illisible, en lettres anglaises compliquées –, et un petit diamant dans le nombril. Diane ne s'était pas attendue à tant de coquetteries, elle aurait pensé que les militantes écolos restaient nature…

Elle dut faire un mouvement brusque car Willa se redressa, éveillée en sursaut.

La rouquine regarda autour d'elle, fit le point une seconde, puis lui sourit.

– Ça s'est passé nickel ? demanda-t-elle.
– Je l'ai perdue, avoua Diane.
– Perdue ? La fille du Patron ?
– Ouais… elle est sortie avec une copine, en scoot… Impossible de la suivre dans le dédale du centre-ville.
– Merde.
Au lieu de se dissimuler sous les draps comme Diane l'aurait fait, Willa se leva et commença de déambuler, à poil, à la recherche de son portable, apparemment.
– Elle est revenue chez elle, au moins ? demanda-t-elle.
Diane hocha la tête, puis détourna les yeux, moins par honte de son échec que parce que la rouquine venait de se placer de nouveau dans son champ de vision, toujours aussi nue qu'un ver.
– Tu ne voudrais pas t'habiller ? suggéra-t-elle.
– Pourquoi ? Ça te gêne ? Il n'y a rien de plus naturel… Les animaux, eux, ils ne s'embarrassent pas de…
– Ouais, mais on n'est pas des bêtes, la coupa Diane. Et ça me gêne. J'ai grandi dans un centre fermé pour mineures délinquantes. Et je ne garde pas que des bons souvenirs de la… de la promiscuité, disons.
– Ah, fit Willa en haussant les épaules, et sans poser plus de questions.
Quatre minutes plus tard, la lieutenante intérimaire quittait la chambre pour aller prendre la relève rue Servat. À vélo. Contrairement à ce que Diane avait pensé, ce n'était pas pour sauver la planète – simplement, Willa n'avait plus le permis, après trois délits de très grande vitesse.

Neuvième jour

29.

Diane relaya à son tour Willa, le long du trottoir, en vue du pavillon des Arthal, vers 7 heures du matin.

Elle vit sortir successivement Anne-Cécile, qui se rendait tôt à son travail malgré sa longue soirée, puis la gamine – Adélaïde –, avec un cartable sur le dos. Ce n'étaient pas encore les vacances scolaires, pour les mioches ?

Diane n'aimait pas les enfants. Elle avait détesté son enfance.

Elle profita de l'heure suivante, dans la voiture, pour rédiger sur son ordi le compte rendu de la nuit et de sa filature foirée. Elle se relut attentivement. Comme premières armes, ce n'était franchement pas glorieux. Elle activa la connexion 3G et envoya ce résumé à Bosco.

Puis, vers 9 heures, elle vit sortir Fleur Arthal, en short, sandales et petit top fleuri, un sac de paille coloré sous le bras. La jeune fille, cette fois, récupéra un vélo dans le garage avant de se laisser glisser le long de l'allée.

Et c'était reparti pour la chasse au deux-roues…

Trois sens interdits et deux refus de priorité plus tard, Diane était devant la gare routière. Apparemment, la fille de Markowicz ne l'avait pas remarquée – ce qui n'était pas étonnant, compte tenu de sa propension effrayante *à ne pas voir* les voitures, à leur couper la route, la priorité, de même qu'elle *ne voyait pas* les feux rouges, les sens interdits, les passages piétons…

Diane se gara, prit ses jumelles : Fleur avait attaché son vélo par un cadenas, elle discutait joyeusement, au pied d'un bus interurbain, avec deux autres jeunes filles de son âge.

Cinq minutes plus tard, le bus démarrait. Diane le prit en chasse. Elles roulèrent longtemps, s'arrêtèrent souvent. Aux indications des panneaux, Diane devina qu'elles allaient vers la mer. Logique, pour des lycéennes tout juste en vacances… Mais cela allait lui compliquer la tâche.

Après une heure et demie de trajet, vers 11 heures environ, elle se retrouva devant les plages de Saint-Malo, à chercher une place de stationnement.

Elle avait vu les trois copines descendre du bus et aller d'un bon pas, leurs sacs colorés à l'épaule, vers la grève. En désespoir de cause, Diane se gara finalement sur une place réservée aux handicapés, bondit hors du véhicule, se rua sur la digue qui surplombait le sable.

Merde, c'était déjà les vacances. Tout le monde s'était donné rendez-vous sur le sable ou quoi ? Elle n'avait jamais vu ça. En tout cas, jamais autrement qu'à la télé. Où étaient les filles ?

*

Markowicz s'éveilla, les idées parfaitement claires.

Il faisait jour. Il avait dormi huit heures, sans whisky ou presque. Ses démons le laissaient tranquille.

Certains auraient parlé de rédemption, mais c'était absurde, il était trop tard, il le savait : jamais il ne serait plus un vrai père pour ses filles, il ne retrouverait pas Anne-Cé. Il avait perdu.

Pourtant, depuis qu'il était tombé sur le nom et le visage de Valentine Manant, il éprouvait un soulagement. L'ordalie, enfin… Au Moyen Âge, on estimait que les accusés capables de passer l'épreuve du feu, ou celle du duel, ressortaient innocentés de cette heure de vérité. Depuis qu'il avait rencontré Anne-Cé, depuis qu'ils avaient envisagé ensemble de faire un enfant, depuis qu'il avait vu Fleur dans son berceau, le commissaire avait toujours su qu'un jour, il lui faudrait protéger ses enfants du Mal qu'il croisait chaque jour, sous des masques et des ricanements divers. Et depuis l'Accident, il avait redouté de devenir trop vieux, trop infirme, avant de pouvoir le faire. S'interposer.

Mais on y était. C'était l'heure de vérité. Markowicz se sentait soulagé, étrangement apaisé d'y parvenir enfin. Ne restait qu'à s'en montrer digne.

Il noua sa cravate noire, enfila sa veste noire, claudiqua jusqu'à la bibliothèque. Puis il prit un roman, et plissa les paupières.

*

« Le plus important, c'est que le tueur sache le plus tard possible que nous veillons sur Fleur », avait dit le commandant. « Il vaut mieux que vous la perdiez, plutôt que de vous faire repérer par un suiveur. »

L'alternative qui s'offrait à Diane était simple. Soit elle restait sur le parapet de la digue bondée de badauds, sa paire de jumelles braquée sur les trois baigneuses qu'elle venait de retrouver – et son manège attirerait rapidement l'attention. Soit elle descendait sur la plage, dans sa tenue de flic, jean, boots de cuir et T-shirt – et elle se remarquerait comme un furoncle au milieu du front.

Elle se sentit paniquer. Elle décrocha son portable, appela Willa.

– Tu es où ? demanda la lieutenante.

– À la plage. Enfin, devant la plage. J'ai un visuel sur la fille Arthal, mais je n'ai pas de maillot…

Elle entendit Willa glousser.

– Attends, je regarde si Maman en a prévu un.

– Maman ?

– Ouais, elle est passée ce matin à l'hôtel pour t'apporter de quoi te déguiser en ado. Ordre de Gimli… Je ne vois pas de bikini, mais je cherche une solution, et je te rappelle.

« Fais chier, fais chier, fais chier… » Diane n'était jamais allée à la mer de sa vie. S'il fallait donner le change ici, faire comme si de rien n'était, elle ne saurait pas.

*

Lorsque Bosco parcourut le compte rendu de Diane, environ une heure et demie après son envoi, il fut consterné. Puis littéralement catastrophé. Ensuite, au prix d'un effort surhumain, il se reprit. Et en songeant aux conséquences de tout cela, il examina avec sang-froid l'hypothèse que ce jour du 1er juillet puisse être la fin du monde.

*

Willa rappelait enfin… Diane décrocha.

– Tu es où ? demanda la lieutenante.

– Toujours devant la plage. À la terrasse d'un café. J'ai repéré Fleur et ses copines, je les vois de très loin, mais je ne peux pas rester les jumelles braquées sur elles. Et si un mec les agresse, j'arriverai trop tard.

– OK, alors retourne à la voiture, fais un point GPS et donne-moi tes coordonnées. Je les transmets à Jimi.

– Jimi ?

– Oui. Il est allé t'acheter un bikini. Il arrive pour le livrer.

Diane quitta des yeux l'immense bande de sable blanc, vers laquelle de nouveaux estivants descendaient.

« Jimi… » « Un bikini… »

Il ne fallait surtout pas qu'elle cède à la panique.

*

Ce ne serait pas la fin du monde, non. Mais celle de la Brigade, peut-être. Et pour Bosco, c'était relativement synonyme.

Il lui incombait donc de faire preuve de finesse, de doigté et surtout, exceptionnellement, d'esprit de décision.

Ce n'était pas son fort.

Normalement, il analysait, et laissait à Léon (ou le cas échéant au lieutenant Jimi Hendrix) le soin de trancher. Cependant, Jean Bosco Nyirabuhinja se demandait, pour la première fois depuis le début de leur très longue collaboration, s'il n'allait pas mentir au commissaire.

Il jeta un nouveau coup d'œil à la porte de communication.

Depuis qu'il s'était installé dans la salle à manger/QG vers 7 heures, il n'avait pas entendu un bruit dans la bibliothèque/bureau où dormait le Patron. Léon avait-il reçu le même compte rendu cette nuit, et décidé de quitter les lieux aussitôt, pour surveiller et punir ?

Non, impossible, Diane ne communiquait qu'avec son supérieur hiérarchique direct.

S'était-il saoulé plus que d'habitude ? Dormait-il encore dans le réduit ? Était-il en train de fumer et de lire un de ses romans labyrinthiques ?

Cette enquête était décidément parfaitement inhabituelle.

Le pire dans les nouvelles de la nuit n'était certainement pas que la jeune capitaine eût foiré sa filature. Le pire, c'était le détail de ce qu'elle avait vu, qui ne plairait pas du tout, du tout à Léon. Anne-Cécile avait un amant, avec qui elle sortait le soir, et qui la raccompagnait galamment ; Fleur en profitait pour quitter clandestinement le domicile familial, à bord d'un deux-roues, jusqu'à pas d'heure. C'était le genre de chose qui pouvait atteindre le Patron – le plonger dans la prostration silencieuse plusieurs jours, l'inciter à s'alcooliser à l'excès, ou, beaucoup plus probablement, déchaîner une crise de violence.

Léon était un père peu permissif, peu moderne et peu confiant. Par ailleurs, il ne s'était pas exactement fait à l'idée de son divorce. Il était capable de se comporter une nouvelle fois comme il l'avait fait, voici huit ans, lorsqu'il avait découvert que sa femme le trompait.

Déraisonnablement. Excessivement.

Très très très au-delà de la loi.

*

Anne-Cé décrocha. La psychologue scolaire voulait lui parler d'Adélaïde, entre professionnelles. Les dessins de la cadette, surdouée à l'évidence, inquiétaient la praticienne (et tout le personnel enseignant) : c'étaient des œuvres violentes, effrayantes, pleines de goules et de son père. Markowicz. Markowicz qui faisait par ailleurs un retour remarqué dans leurs conversations familiales, songea Anne-Cé…

Il hantait les dessins de la cadette et passait trois coups de fil le même soir à l'aînée, sans laisser de message.

Ce retour n'annonçait rien de bon. Markowicz leur avait toujours porté la poisse, à tous, à commencer par lui-même… Anne-Cé ne put s'empêcher d'éprouver une inquiétude diffuse.

30.

Diane cuisait à l'étouffée derrière son pare-brise, les yeux presque aveuglés par la lumière blanche malgré ses lunettes de soleil. De nouveaux autocars arrivaient régulièrement, déversant de nouvelles cargaisons d'estivants, essentiellement des lycéens et des étudiants en goguette – les touristes avaient leurs bagnoles, eux… Y avait-il un tueur parmi tous ces gens ? Un type qui avait éventré Valentine Manant ? Non, peu probable… Si le tueur était ici, c'est qu'il avait sans doute suivi Fleur depuis le début – il faisait partie des passagers du premier voyage en bus.

Coup d'œil à sa montre.

Quand Jimi arriverait-il ? Dans une demi-heure ? Diane avait besoin de ses conseils, voire de sa coopération… Il était presque midi. Les vacanciers continuaient de descendre la rampe vers le sable, chargés de larges glacières, de serviettes, de parasols. Bientôt, la plage serait noire de monde. Au moins, dans sa bagnole, elle était invisible – et elle ne pourrait pas manquer la fille Markowicz lorsque celle-ci repartirait…

Une moto se rangea à côté du 4×4. Le pilote enleva son casque. Jimi cogna à la vitre.

– Service de cabine, dit-il. Elle baissa la vitre.

– Déjà ?

Il demanda :

– Tout baigne ?

– Ça va, mais…

– Voilà ton maillot et une serviette, capitaine.

Il lui avait coupé la parole. Il lui tendait un sac de tissu à l'effigie d'une marque de sport. Elle le prit, regarda autour d'elle, se sentit paniquer, stupidement.

– Je… je me change où ?

– Ben comme tu veux. Soit sur la plage, sous ta serviette, soit dans la bagnole. Tu n'es jamais allée à la mer, capitaine ?

– Négatif, dit Diane.

– Ça se voit, tu as mauvaise mine.

Il se marrait. Diane referma la fenêtre, enleva ses bottes, puis passa à l'arrière en maugréant. Elle dut se tortiller dans tous les sens pour ôter son jean, puis sa culotte, et enfiler le slip de bain, rouge vif, entre les deux banquettes. C'était un modèle qu'elle trouva excessivement affriolant, deux tout petits triangles de tissu reliés entre eux par des nœuds factices. Le moteur de la moto de Jimi ronronnait à côté du 4×4. Quand elle se fut occupée du bas, elle fouilla dans le sac, sous la serviette, le retourna…

Elle ouvrit la fenêtre arrière.

– Il n'y a pas de haut, dit-elle à Jimi.

– De quoi ?

– De haut. De soutien-gorge. Pour le maillot.

– Je pensais que tu préférerais. Chez moi, les jolies filles n'ont rien à cacher, *Diane de Moitié*.

Il avait insisté sur son surnom et sourit, goguenard.

– Bon. Je te laisse. Bonne chasse…

La moto redémarra dans un bruit de tonnerre avant qu'elle ait eu le temps de le retenir. Elle resta comme deux ronds de flan, bouche ouverte. Jimi n'avait même pas pris le temps de réenfiler son casque sur sa coupe afro.

Elle eut une suée.

Elle sentit la boule revenir dans sa gorge. « Se fondre dans la masse. » Elle n'avait aucun mode d'emploi, en ces circonstances. Elle retourna à l'avant, du côté du passager, prit la serviette, sortit, en slip rouge et T-shirt flasque, pieds nus. Elle se noua, précipitamment, la serviette autour des reins, comme quelques filles qu'elle avait vues vêtues de paréos. Elle traversa un peu trop vite la rue, le bitume brûlant sous la plante de ses pieds nus, et descendit vers la plage, au milieu des vacanciers, à la recherche de Fleur et de ses copines.

31.

Bosco entendit la moto entrer dans le jardin de leur maison de location. C'était Jimi qui revenait, sans doute de Saint-Malo. Le minuscule commandant éprouva une bouffée de soulagement, se leva, alla voir à la porte-fenêtre de la cuisine qui communiquait avec l'extérieur.

Le T-shirt de Jimi était une fois de plus inadéquat : «*All cops are bastards, 'know that, bloody asshole?*» proclamait le slogan sur la poitrine. Mais qu'importe son caractère irrécupérable : Bosco avait besoin d'un avis, et des compétences très particulières de son lieutenant.

– Vous avez vu Diane?

– Oui, sourit le lieutenant dégingandé. Elle est barge, cette fille.

– Jimi, je peux vous parler un instant?

Ils s'installèrent à la table de la cuisine. Il lui fit lire le compte rendu de Diane. Jimi tiqua, relut, et demanda :

– Tu as obtenu l'identité de l'amant, Gimli?

Oui, bien entendu. Bosco avait demandé l'identité du conducteur de la voiture immatriculée NA-72-DA, voici deux heures. Il s'agissait de Philippe Joanou, architecte, demeurant rue de Louisiane, à Rennes.

– Le Godfather sait tout cela ?

– Non. Je voulais votre avis sur ce point, lieutenant. Jimi hocha la tête et le regarda avec sérieux.

– Si le Godfather l'apprend, ce bon Philippe est mort, pas vrai ?

– Possible. Je le crains.

– Alors falsifie le compte rendu.

Bosco attendait toujours, debout à côté de son lieutenant qui relisait l'écran une troisième fois.

– Tu veux que je le fasse ? proposa finalement Jimi.

– Ce serait très aimable, convint Bosco.

– OK. Je te rédige ça.

L'échalas se leva, mit de l'eau à chauffer, sortit des feuilles séchées de différents sachets en plastique transparent qu'il gardait dans sa besace. Puis, une fois la douteuse infusion préparée, il s'attela au travail en sirotant le breuvage. Pendant ce temps, Bosco faisait des allers-retours entre la cuisine et la salle à manger, prêt à intercepter le Patron s'il sortait de sa chambre-bibliothèque.

Au bout de huit minutes, Jimi annonça :

– *Done*.

Il se leva, laissa la place au commandant Bosco devant l'écran. Le nouveau compte rendu relatait le foirage de la filature, et rapportait :

– que la fille aînée était sortie la première, en scooter ;

– que la mère avait quitté la maison deux heures plus tard ;

– qu'elles étaient rentrées toutes les deux en même temps, en taxi, encore cinq heures plus tard…

Bosco hocha la tête. C'était du bon boulot, du

très bon boulot. Habile, précis, presque chirurgical. Léon n'aurait jamais cru un compte rendu familial parfaitement rassurant. Il estimait qu'il y avait toujours matière à s'inquiéter concernant les siens. Mais puisque sa fille passait le début de sa soirée seule et circulait en deux-roues, il trouverait matière à se ronger les sangs ; il ignorerait en revanche l'essentiel – les activités adultères (si l'on pouvait dire ceci, s'agissant d'une femme divorcée depuis huit ans) de la mère, et les sorties éhontées (si l'on pouvait dire cela, s'agissant d'une adolescente fêtant les vacances) de la jeune fille.

– Du bon travail, Jimi, dit Bosco.

Il leva les yeux, mais le lieutenant débraillé avait déjà quitté la cuisine par la porte-fenêtre du jardin.

Dans son dos, une voix le fit sursauter :

– Que faites-vous, Bosco ?

Le Patron, sorti de sa longue méditation tabagico-littéraire, envisageait son adjoint depuis la porte de la salle à manger.

– Je… je viens de recevoir le compte rendu de Diane, Léon. Je m'apprêtais à vous le transmettre.

32.

Depuis trois heures maintenant, Diane avait posé sa serviette à une dizaine de mètres de Fleur et de ses camarades. Elles avaient pique-niqué, en se moquant les unes des autres bruyamment – et chaque fois Diane sursautait derrière ses lunettes de soleil, en pensant que c'était d'elle… Elles avaient cette insouciance, cette arrogance de la fin d'adolescence, lorsque les jeunes gens en bande semblent ne pas se soucier d'accaparer l'attention, de déranger tout le voisinage. Au contraire. Elle les entendait commenter à haute voix l'allure des garçons qui passaient à portée, parfois suffisamment fort pour qu'ils entendent. Elles retournèrent plusieurs fois à l'eau, pour se baigner en criant et en s'aspergeant.

Diane ne voyait rien – pas de Jack l'Éventreur balnéaire, suspect évident qui aurait déambulé en caleçon et serviette, scalpel en main –, rien en tout cas de plus étrange que cette plage d'été… Elle avait son flingue dans son sac, au cas où. Mais elle aurait mieux fait de prendre un chapeau. Elle cuisait littéralement. Comment auraitelle pu prévoir ? Hier matin, en arrivant au boulot, elle ne savait pas qu'elle passerait le début de la nuit dans une bagnole, devant le pavillon d'une mère célibataire et de ses deux adolescentes, puis la fin de la même nuit à l'hôtel, dans une chambre partagée avec une naturiste, qu'elle enfilerait ce matin ses vêtements de la veille, encore humides de la rapide lessive faite au savon dans le lavabo de la chambre d'hôtel. Qu'elle se retrouverait en minislip rouge au milieu d'une foule. Qu'elle aurait dû penser à s'épiler.

Qu'est-ce qu'elle foutait là, Bon Dieu ?! Quel rapport avec le travail de police ? Étrangement, alors qu'elle aurait dû entrer dans une rage folle et tout plaquer, elle avait juste envie de rire d'elle-même…

Cela plairait-il au thérapeute de l'IGPN ?

Finalement, elle profita d'une nouvelle baignade de Fleur et ses amies pour se rapprocher de sa voisine de serviette, une dame digne en chapeau sous un parasol.

– Excusez-moi, sourit-elle, on m'avait dit qu'en Bretagne, il pleuvait toute l'année. Je pourrais vous emprunter un peu de crème solaire ?

Elle se passa la lotion sur les bras, sur le nez, les jambes.

Après un énième regard à ses voisins, n'y tenant plus, elle retira son T-shirt à manches longues, trop chaud, trop étrange pour le lieu, auréolé de sueur. Elle n'avait pas remis son soutif de la veille, ce matin. Torse nu, maigrelette et pâle comme un cachet d'aspirine, elle s'allongea sur son drap de bain, à plat ventre, et essaya de s'enduire le dos. Au bout de quelques instants, elle oublia qu'elle était horriblement gênée. Le soleil lui chauffait la peau, agréablement. C'était la première fois qu'elle se retrouvait ainsi presque nue en public. Elle rôtissait. C'était tellement étrange. Pas désagréable. Déroutant. Elle sourit, remonta ses lunettes de soleil sur son nez.

Comment disait-on, déjà ? Ah oui. « Le farniente… »

*

– Jimi ? Je peux te parler ?

Jimi prenait le thé, seul dans le fumoir. Il suspendit un instant sa partie de dames chinoises *blitz* contre lui-même, mais ne leva pas les yeux du plateau. En général, quand le Patron avait quelque chose à dire, il ne demandait pas l'autorisation.

– Un problème, commissaire ?

– Bosco m'a transmis le compte rendu de Diane.

La voix ne laissait aucune place au doute : le commissaire était en colère. Ou contrarié. Ou suspicieux. Ou à bout de nerfs.

– Ah ? fit Jimi, en déplaçant consécutivement deux pions opposés. Et alors ? C'est pas fameux ?

– Alors c'est un faux. Et tu es le seul type capable d'oser faire un faux pour m'abuser, dans cette Brigade.

Jimi siffla deux mesures de *All along the Watchtower*, tricha avec les rouges pour battre les verts en onze coups, puis se retourna vers Markowicz.

– Et alors ?

– Donne-moi l'original, dit le commissaire en tendant la main. Tout de suite.

Jimi marqua une pause, puis demanda :
– Si je ne le fais pas, il se passera quoi ?
Il défiait le Godfather des yeux.
– Je pourrais te dire que je te vire, répondit Markowicz. Mais tu ne me croirais pas.
– Non.
– Alors, je vais te dire que je demanderai le compte rendu à Bosco. Et qu'il me le donnera, lui.
– Ah.
Jimi haussa les épaules. Dans ce cas…

33.

– Tu reviens déjà ? C'est pas l'heure de la relève…

Willa, allongée sur le lit avec un manga, se redressa sur un coude. Elle suivait en même temps des yeux et d'une oreille distraite un documentaire animalier, dont elle baissa le volume.

– La fille Markowicz est remontée dans le bus à 17 h 20, expliqua Diane. Elle arrivera à 19 heures. Aucun passager du retour n'était dans le bus à l'aller, sauf ses deux copines. Du coup, en appuyant sur le champignon, je me suis donné une bonne demi-heure d'avance, pour pouvoir me changer… Je suis pleine de sable.

– C'était bien, la mer ?

– Pas mal. Ma première fois.

– Les fringues que nous a achetées Maman sont dans le placard… Sérieusement, tu n'étais jamais allée à la mer ?

Diane avait ouvert l'armoire, et fouillait déjà les tas d'affaires trop colorées, trop courtes, trop légères. De temps en temps, elle en sortait une, la plaçait devant elle, se regardait dans la glace, faisait la moue. La rouquine, toujours allongée sur le lit, commentait, plaisantait. À un moment, elle demanda :

– Tu étais quel genre d'adolescente, Diane ?

– C'est-à-dire ?

– Le genre à faire la fête tous les soirs avec des copines en te prenant pour une femme ? Ou plutôt le genre à rester enfermée dans ta chambre, les yeux fixés au plafond, en rêvant à la vie meilleure que tu aurais quand tu serais grande ?

– Je te l'ai dit cette nuit, répondit Diane. Le genre à passer cinq ans dans un centre fermé pour mineures.

Sa réponse avait plombé l'atmosphère, d'un coup.

– Et on ne nous emmenait pas à la mer tous les week-ends, en slip rouge monokini à nœud-nœud, ajouta-t-elle pour l'alléger.

Willa se redressa brutalement. Elle dit :

– Nooooon. Il a fait ça ? Jimi ?

– Affirmatif.

– L'enfoiré !

– Affirmatif… Au fait, je voulais te demander… « Diane de Moitié »… Ça lui est venu comment ?

Willa éclata du rire faux qu'elle avait quand elle était gênée.

– Secret Défense…

– Vas-y.

– Tu es vraiment sûre d'avoir envie de savoir ?

Diane hocha la tête, en sachant pourtant qu'elle commettait une erreur.

– Comme tu voudras, céda Willa. Il t'a appelée Diane, comme la déesse, parce que tu as la réputation d'être une chasseuse. Une flingueuse qui traite les criminels comme du gibier, et qui a fini par commettre une erreur sur les cibles.

La jeune capitaine grimaça.

– OK. Ça, c'était la partie agréable, je suppose… Et alors la « moitié », c'est pour quoi ?

Willa fit la moue à son tour.

– Tu es coriace, hein ? Jimi dit que tu ressembles à une moitié de femme, un sac d'os. Il préfère les femmes bien en chair, tu vois… Il est… il est con, parfois.

Elle détourna les yeux. Diane se sentit triste, soudain ; elle haussa les épaules.

– Et lui… Pourquoi tout le monde l'appelle Jimi ?

– Oh… Tu comprendras très vite… Il brûle des trucs. Et il est à peu près sûr de faire partie du club des 27.

Comme Diane indiquait une fois de plus son ignorance, en écartant les bras, Willa précisa :

– Les mecs qui meurent à vingt-sept ans. Comme Hendrix, Jim Morrison, Kurt Cobain, Janis Joplin…

– Ah. Et il a quel âge ?

– Vingt-six ans. Il est dingue…

Diane sortit finalement du tas d'affaires un T-shirt siglé « *Leave me, I'm famous* ».

– Tiens, dit-elle. Regarde ça. Je suis sûre qu'il adorerait le porter, notre lieutenant.

Elle l'enfila, resta dans son vieux jean, chaussa une paire de baskets de toile. Avait-elle vraiment l'air d'une fille de 18 ans ? Et/ou d'un sac d'os ? Elle évita son reflet dans la glace, regarda plutôt sa montre…

– Bon, faut que j'y retourne… Fleur arrive à la gare routière à 19 heures…

– Tu es encore vexée ? demanda Willa.

– Pourquoi ?

– Pour le surnom de Jimi. Tu ne m'en veux pas, à moi ?

34.

La nuit était tombée depuis longtemps. Jimi traîna des pieds, depuis la cuisine où il tartinait une pâte indéfinissable sur des toasts, jusqu'à la table de dames chinoises sous laquelle il avait laissé ses tongs.

Il était 23 heures, l'heure d'y aller.

Il se rechaussa, prit dans la cuisine son matos de cambrioleur. Puis il rejoignit le Godfather qui l'attendait dans la voiture. Tous les deux, ils se rendirent jusqu'à l'adresse de Valentine Manant. Jimi utilisa une clé de postier universelle pour forcer le premier digicode. Ils montèrent au troisième étage, en ascenseur, après avoir consulté la liste des occupants à côté des boîtes aux lettres.

Devant la porte de Valentine, Jimi sonna, attendit qu'on ne vienne pas lui ouvrir. Quand il fut certain que l'appartement était désert – que la mère de la jeune fille démembrée ne s'était pas installée à demeure, par exemple, en espérant son retour –, il força la serrure, assez facilement. L'immeuble était modeste et les portes pas blindées. Jimi s'assura qu'il n'existait aucun système d'alarme imprévu à l'intérieur de l'appartement, puis se tourna vers son supérieur :

– *Let's go, maestro*.

*

Diane poireautait devant un verre de bière, en jetant de temps en temps un coup d'œil à sa montre.

Anne-Cécile Arthal était sortie, comme la veille – avec le même amant ? Fleur l'avait suivie de peu, comme la veille également. Mais cette fois, Diane avait réussi à pister le scooter.

Maintenant, elle regardait Fleur et ses copines deviser en riant, à la terrasse du café d'en face. Parfois, il lui semblait reconnaître, sur le visage de Fleur, cette façon qu'avait son père de se laisser distraire, de s'évader dans ses pensées – et alors, elle fronçait les sourcils comme lui, parce que les pensées dans lesquelles elle se perdait étaient sombres, sans doute.

Le reste du temps, elle avait, avec ses copines, la même gaieté bruyante que tout à l'heure, à la plage.

La plage la fit songer à Jimi. À la façon dont il l'avait mise délibérément mal à l'aise, avec l'histoire du slip monokini. À sa manie de donner des surnoms cruels. À la certitude qu'il avait de mourir à 27 ans, à ses T-shirts, et à l'étrange charisme qu'il exerçait sur toute la Brigade.

Qui était-il ? Un ennemi, ou juste un con nuisible ?

*

Bosco restait seul, ce soir, dans la maison louée par la Brigade. Anna était repartie au cours de l'après-midi pour Paris, avec une liste de tâches de police scientifique à épuiser, et ce départ le rendait maussade. Le commandant avait donné congé à Gilberte pour la soirée. Avant de quitter les lieux, Maman était entrée dans la salle à manger/QG, avait machinalement rangé deux ou trois objets qui l'étaient déjà (et qu'elle avait donc techniquement déplacés, et subjectivement dérangés). Puis, d'un ton de voix légèrement angoissé, elle s'était inquiétée de ce que le commandant se laisse aller – insistant sur le fait qu'il était 21 heures et qu'il n'avait toujours pas manifesté la moindre intention d'aller manger.

Bosco, qui pourtant d'ordinaire déjeunait, goûtait et dînait à heures fixes, quelles que soient les circonstances, n'avait pas le cœur à avaler quoi que ce soit. Pas davantage maintenant, deux heures et demie plus tard, donc largement après le départ de Gilberte.

Il se doutait que Léon était parti commettre des choses illégales avec Jimi Hendrix. Quand ils commettaient des choses illégales, il était très rare qu'ils l'emmènent. Cela le chagrinait un peu qu'on pût violer la loi en toute tranquillité, mais surtout qu'on pût l'abandonner pour ce faire.

Mais ce n'était pas le pire. Plus il y repensait, plus il était certain, également, que le Patron avait appris la vérité sur sa femme. Il avait vu dans son regard une dureté nouvelle. Cela signifiait que le lieutenant Toussaint Fermeture, dit Jimi Hendrix, l'avait trahi pour gagner les faveurs de Léon. Ce n'était pas très chouette. C'était humain sans doute, retors, sordide, intéressé, veule, courtisan, darwinien, mais vraiment, vraiment pas très chouette.

*

Le commissaire entra chez Valentine Manant, boitant bas sur sa canne anglaise. La jambe fatiguait vite. Jimi avait tiré les rideaux afin qu'on n'aperçût pas la lumière depuis la rue. Markowicz fit un premier tour du lieu, modeste, éclairant les pièces l'une après l'autre. Il s'émut un instant de la tristesse qui en émanait. Des photos d'actrices aux murs. Un poste de télévision, un ordinateur, éteints… Au passage, il déplaça deux ou trois papiers sur le bureau, vit le passeport et la convocation de la jeune fille pour l'oral du bac de LV2, le 28 juin – une semaine après sa mort.

Elle avait tout préparé avec sept jours d'avance…

Il ouvrit les armoires, trouva des vêtements imitant les vêtements de couturier, des sous-vêtements imitant les sous-vêtements d'*escort girl*, des chaussures imitant la grande confection ; dans la salle de bains, des cosmétiques, en assez grand nombre, imitaient des produits de luxe. Toute une vie de copies à bon marché, de contrefaçons, la vie qu'on proposait aux gamines d'aujourd'hui, avec pour seul graal l'espoir d'enfin se faire remarquer – à défaut d'être remarquables…

Dans des cadres, aux murs de la salle d'eau, des photos en noir et blanc montraient des mannequins souriantes et / ou provocantes, bouche entrouverte, en lingerie de luxe. « Pauvre petite fille, songea-t-il. Tu espérais devenir une dame.

Tu fantasmais sur des dames. Tu espérais devenir belle comme une des dames qu'on te montrait. Et tu as fini coupée en trois morceaux, vidée de ton sang, quelque part, sous la scie et les ciseaux d'un malade. » « Pauvre petite conne, tu croyais que tu avais le temps, que tu y arriverais, avec le temps. »

Markowicz alla prendre un bol dans la kitchenette, comme cendrier, et se roula longuement, très maladroitement, une cigarette. La « chanson de l'ennemi » résonnait dans son crâne, maintenant. Il y réfléchissait. C'était curieux. Pourquoi le tueur aurait-il mis les pieds dans cet appartement ?

A priori, le fils de pute s'était contenté de prélever sa victime à la sortie du lycée de Fleur, histoire de faire un exemple au hasard. Pas de raison qu'il vienne ici… Et il n'y avait aucune trace de lutte, aucun indice d'effraction qui indiquât l'inverse… Alors, pourquoi cette chanson ?

Bosco aurait observé, déduit à partir d'éléments objectifs, puis conclu sur une série d'hypothèses. Markowicz faisait l'inverse. Il se forgeait un avis préconçu, apparemment irrationnel, puis il cherchait les motifs matériels qui le lui avaient inspiré. Il traquait *a posteriori* l'indice matériel qui avait déclenché le prétendu *sixième sens*.

Il refit un tour du studio.

Qu'est-ce qui lui laissait penser que le tueur l'avait précédé en ces lieux ?

Le lit était fait.

L'armoire renfermait deux sacs de voyage en cuir, imitations de marques à monogrammes.

La trousse de toilette était dans la salle de

bains, ce qui indiquait que Valentine n'avait pas l'intention de quitter son domicile.

Pourquoi se posait-il cette question-là, précisément ? Son regard avait-il noté quelque chose d'incongru concernant un bagage ?

Il revint au bureau de la jeune fille. Sur la chaise, le sac à main était posé. Un sac à main plein. Jamais une gamine n'aurait quitté son domicile sans son sac à main – mais elle pouvait en posséder plusieurs. Markowicz alluma la lampe de bureau, vida le sac sur la table, sous l'abat-jour : portefeuille, trousseau de clés, agenda, téléphone mobile. Il ouvrit le portefeuille : un peu d'argent, les maigres subsides d'une lycéenne qui se paie son repas quotidien grâce à son travail de caissière.

Il y avait aussi une carte de transport urbain, des papiers d'identité…

Si Valentine avait été agressée devant le lycée, elle aurait eu ce portefeuille, la carte de transport qui lui permettait de se rendre en bus jusqu'à l'établissement, le téléphone portable dont personne ne pouvait se passer plus d'une heure.

Puisque le sac était ici, c'est que *le tueur avait surpris sa proie ici* ?

Probablement. Il avait agressé Valentine à son domicile. Et puisqu'il n'y avait aucune trace d'effraction, sans doute s'était-il contenté de sonner. Valentine lui avait ouvert et il l'avait alors neutralisée, probablement sans lutte. Avant de la découper ailleurs.

Le tueur avait-il suivi Valentine depuis le lycée où il guettait Fleur ? La connaissait-il assez pour qu'elle lui ouvre sa porte, sans méfiance ? Et dans ce cas, était-ce un lycéen, un condisciple de Valentine et Fleur ? Un professeur ?

– Jimi, dit simplement Markowicz, en prenant le mobile.

Le lieutenant, en quelques pas traînants, fut à côté de lui, prit le téléphone mobile, força le code PIN.

– Messages, dit Markowicz.

Jimi manipula l'écran tactile et lui présenta les derniers messages sans intérêt reçus par la jeune fille. Markowicz ordonna :

– Derniers numéros appelés, derniers appels reçus.

Pendant que Jimi collectait ce qu'il venait de demander, il prit l'agenda, constata que des pages avaient été arrachées. Une sur deux, exactement. Quelqu'un avait pris le soin de déchirer une fin de semaine, ou le début de la semaine suivante, tous les quinze jours. Pourquoi ? Et qui, sinon le tueur ? L'avant-dernière page manquante correspondait aux lundi, mardi, mercredi 21, 22 et 23 juin, et aux jeudi, vendredi, samedi et dimanche précédents. C'est-à-dire au jour de la disparition de Valentine, aux lendemain et surlendemain de cette disparition, et aux quatre jours la précédant.

Markowicz sentait l'odeur méphitique du Mal autour de lui, à plein soufre.

Il sut que le tueur avait lui-même arraché les pages de cet agenda. Parce que dans cet agenda, une note tous les quinze jours permettait de remonter jusqu'à lui, peut-être de l'identifier – parce que Valentine le connaissait. Qu'elle le voyait tous les quinze jours.

Le prochain rendez-vous prévu entre eux était-il aujourd'hui, demain, lundi prochain ? Il avait été annulé par la mort. *Sine die*. Mais sans doute était-il inscrit sur la dernière page manquante.

Le tueur qui avait tué Valentine était un de ses familiers. Cette information augmentait tout à coup considérablement les chances qu'on avait de le trouver – le tueur avait commis l'erreur grossière de ne pas perpétrer son premier meurtre au hasard. Il avait choisi une lycéenne de sa connaissance, pour avertir Markowicz. Par quelle connerie inconcevable ?

Jimi sortit un rouleau de sacs de congélation, glissa le téléphone de Valentine dans un des sachets de plastique transparent. Markowicz feuilletait l'agenda. Le fils de pute avait laissé un autre indice : son nom de famille – ou son prénom – commençait par la lettre A. C'était la seule page arrachée dans le répertoire figurant à la fin de l'agenda. Il en fit la remarque à Jimi. Jimi remarqua à voix haute que c'était étrange d'avoir encore un répertoire lorsqu'on avait 18 ans. Puis il dit :

– Toutes les coordonnées enregistrées sur le mobile ont été supprimées. Mais on devrait pouvoir restaurer le contenu.

Markowicz hocha la tête. Oui, on devrait – c'était à la portée du premier flic venu...

Le tueur avait commis un nombre d'erreurs incalculable. C'était souvent le cas des rancuniers et des vengeurs : ils n'agissaient pas assez froidement, alors que la vengeance est un plat qui se mange glacé.

Avant de quitter les lieux, le commissaire refit

un tour de l'appartement, pour voir s'il n'identifiait pas quelque chose qui indiquât une passion (affaires de sport, instrument de musique) susceptible d'être pratiquée avec régularité – tous les quinze jours, par exemple. En groupe. Avec un garçon, par exemple. Dont le prénom ou le nom commençait par un A, à qui Valentine avait ouvert le 21 juin au soir sans méfiance. Parce qu'elle le connaissait bien. Et parce qu'elle ignorait que ce jour-là, A. voulait la démembrer.

35.

À 3 heures du matin, le commissaire rangea la voiture devant le portail de la maison de Châteaubourg qui leur servait de QG.

– Tu ne la gares pas à l'intérieur ? demanda Jimi.

– Non. Une course à faire… J'aurais besoin de ta clé de postier.

– Tu vas régler tes affaires privées, commissaire ?

– Oui.

– Tu comptes faire quoi ?

– Régler mes affaires privées, précisément, répondit le Patron.

*

Antonin ne dormait pas. Les yeux grands ouverts dans le noir, il regardait le plafond de sa chambre, à l'internat de l'école de cirque. Il répétait ce qu'il dirait à la fillette, demain…

Cinq jours de plus en moins. Demain, il aurait des nouvelles d'Adélaïde. Elle le contacterait, et alors il lui dirait qu'il ne jouait plus. C'était une bêtise, une erreur, leur petit jeu de go. On ne peut pas utiliser de feintes quand il s'agit d'amour. Il préférait se lancer sur la corde raide, et tomber, plutôt que de continuer d'attendre, au bord du précipice, sans rien faire.

*

Le commissaire sortit de la poche gauche de sa veste une petite flasque plate de métal argenté, dont il s'enfila un *shot*. L'alcool échauffa brutalement son sang, il ferma les yeux, comme si la rasade était douloureuse. Ce n'était pas le spiritueux qui lui faisait mal ainsi.

Il ouvrit la porte de l'immeuble avec la clé de Jimi, entra dans le hall sans allumer la lumière de la minuterie. Il avait pris la précaution de vider ses deux chargeurs dans ses poches, si bien qu'il produisait, en se déplaçant, une sorte de léger tintinnabulement métallique : les munitions de calibre .38 s'entrechoquaient dans la poche droite de sa veste noire.

Il alluma sa lampe-torche, regarda les boîtes aux lettres et prit l'ascenseur. Les cheveux presque au ras du plafonnier cru, il jeta un œil à sa montre, puis au miroir : il transpirait légèrement, aux tempes, mais paraissait calme – il était maître de lui, du moins.

Il sonna au troisième étage, attendit qu'on vienne lui ouvrir. Il s'était préparé à toute éventualité, avait même envisagé de se retrouver devant une femme – l'amant d'Anne-Cé pouvait être un homme marié.

Mais ce fut finalement un homme, assez grand, moins que lui.

– Philippe Joanou ? demanda-t-il, pour s'assurer qu'il ne faisait pas erreur sur la personne.

Le propriétaire de la voiture immatriculée NA-72-DA hocha la tête, déjà remis de sa surprise à la vue du colosse. Il portait un pantalon fluide et un T-shirt blanc immaculé, comme dans une réclame pour des cosmétiques masculins. Les yeux bleus, très clairs, semblaient à peine bouffis de sommeil. C'était un homme séduisant, même surpris au saut du lit et au cœur de la nuit. Les tempes étaient grisonnantes, le physique celui d'un type assez aisé, assez en forme, assez attentif à lui-même pour que cela se voie. Markowicz, durant quelques secondes, se demanda en combien de temps il aurait le dessus physiquement, dans un combat à la loyale, si le premier crochet suffirait à étendre Joanou – le genre de pensée qu'il ne pouvait s'empêcher d'avoir avec tout homme qu'il détestait d'emblée.

– Vous désirez ? demanda l'autre.

La voix n'était pas inquiète, juste étonnée. Ce n'était pas un craintif. Il n'avait même pas pris la précaution de jeter un œil au judas pour voir qui venait le réveiller ainsi au cœur de la nuit, et Markowicz en éprouva une sorte de satisfaction stupide : Anne-Cé n'aurait jamais pu se livrer corps et âme à un trouillard.

– Je veux entrer. Je suis Léon Markowicz. Le mari d'Anne-Cécile Arthal.

Le commissaire vit, enfin, de la surprise, et peut-être une nuance d'inquiétude, dans le regard bleu acier.

– Je suis flic mais je viens ici à titre privé. Sans mandat. Vous n'êtes pas obligé.

Il fit deux pas vers l'intérieur et l'autre dut s'écarter pour éviter ses épaules de taureau.

– Elle est ici ? Vous faites l'amour ici, ou à l'hôtel ?

– Nous nous voyons à l'hôtel, parfois, dit le type. Mais pas ce soir. Ce soir, nous nous sommes contentés de dîner.

– Jamais chez l'un ni chez l'autre, alors ? Pour que ça n'engage à rien ?

L'amant, cette fois, ne répondit rien. Markowicz se figea, au centre du salon. Bel appartement, beau mobilier ; beau salaire sans doute. Les photos accrochées à des cimaises, aux murs, témoignaient d'un goût artistique sûr et non conventionnel. Ce type avait des qualités, sûrement. Autrement, jamais Anne-Cé n'aurait...

Markowicz secoua la tête.

Il sortit le flingue qu'il portait dans le holster de hanche, sous sa veste.

– Comme je suis un garçon pacifique, je viens vous délivrer un avertissement sans frais. Il vaudrait mieux que vous ne voyez plus Anne-Cé. Ce serait préférable pour notre équilibre psychologique à tous les trois.

Il fit claquer la culasse de son Manurhin MR 73. L'amant de sa femme s'était pétrifié. Sa main n'avait pas lâché la poignée de la porte.

– L'arme est vide, dit le commissaire.

Il se laissa tomber sur un canapé, sa canne anglaise à côté de lui, le revolver sur la table basse.

– Vous n'êtes pas propriétaire d'Anne-Cé, dit l'autre.

– Propriétaire, bien sûr que non. Mais possédé.

Markowicz désigna le sofa blanc écru, juste en face du sien, au propriétaire des lieux.

– Asseyez-vous, faites comme chez vous, dit-il, un sourire douloureux aux lèvres. Parlons…

Dixième jour

36.

Jimi somnolait dans le fumoir, devant une théière à moitié pleine encore d'un breuvage à l'odeur écœurante. Il avait disposé plusieurs coupelles à différents endroits de la pièce, dans lesquelles brûlaient d'étranges combustibles, des petits cailloux qui ressemblaient à de l'ambre et dégageaient une fumée abondante, pestilentielle mais légèrement caramélisée.

On frappa à la porte-fenêtre. Il se retourna, remarqua que le jour se levait, alla ouvrir la baie vitrée. C'était le Godfather.

– C'est réglé ? demanda le jeune homme en se grattant les cheveux.

– En un sens.

Jimi passa un T-shirt, se gratta le ventre, puis la joue.

– Soulagé, commissaire ?

– En un sens.

– Tu l'as tué ?

Le colosse entra dans la pièce en s'appuyant sur sa canne anglaise avec rapidité, précision – avec colère.

– Non, répondit-il. Même pas. J'aurais dû, selon toi ?

*

Anne-Cé posait toujours son portable à côté d'elle, pendant les séances, pour vérifier que ses filles n'appelaient pas. Elle reçut un coup de fil sur son mobile alors qu'elle écoutait le premier patient de sa journée, jeta un coup d'œil, identifia le numéro de l'interlocuteur : Philippe.

Elle sourit, et décida intérieurement d'attendre la fin de matinée pour écouter le message. Il lui proposerait, une nouvelle fois, de venir ce soir passer la nuit chez lui. Elle refuserait, une nouvelle fois ; mais savourerait le plaisir d'entendre cette invite. L'attente, le désir…

Elle ne devait pas se laisser distraire.

Lorsqu'elle consulta finalement sa boîte, le message lui fit l'effet d'une douche glacée. Philippe parlait d'une voix froide :

« Tu ne m'avais pas dit que ton ex était un flic… Il est venu chez moi cette nuit. Rappelle-moi. »

Elle sentit le sang quitter son corps, rappela, eut une conversation brève mais heurtée avec Philippe. Markowicz s'était pointé en pleine nuit chez son amant, lui avait signifié que leur liaison ne représentait rien pour Anne-Cécile, parce que lui et sa femme, quoique séparés depuis huit ans, étaient encore unis. Qu'Anne-Cé l'aimait encore. Qu'il ne fallait pas que quiconque s'interpose entre eux – pour le bien des filles, et pour elle.

Anne-Cé bredouilla :

– Il était saoul ?

– Non. Parfaitement maître de lui, au contraire. Et armé.

– Appelle la police, lui suggéra-t-elle. Porte plainte pour agression. Il s'est montré violent ?

– Il m'a raconté qu'il avait battu l'un de tes amants, au moment de votre séparation. Cela pourrait passer pour une menace. Mais ce n'est pas la question, Anne-Cé. Je n'ai pas eu peur.

Il marqua une pause. Elle lui trouvait une voix dure.

– Il m'a dit que tu l'aimais encore, ajouta-t-il enfin. Et que tu te jetais dans les bras des autres pour oublier. Comme lui t'oublie avec l'alcool. Est-ce que c'est le cas ?

– Philippe, voyons, je…

– Anne-Cé, tu l'aimes encore ?

– Je… je t'assure que…

– Alors rappelle-moi quand ce ne sera plus le cas.

Il raccrocha. Elle se laissa tomber sur son fauteuil, les jambes coupées – stupéfaite ; dans une rage folle contre Markowicz ; dans une colère au moins aussi grande face à sa lâcheté, et à la froideur de Philippe, qui ne pouvait pas juger, comprendre ce qui…

– Quelle conne ! dit-elle.

Elle se releva.

– Ils me font tous chier… Markowicz… Léon Markowicz. Comment avait-il su ?

De quoi se mêlait-il ?

Pourquoi redébarquait-il dans sa vie, après huit ans à la laisser vivre – huit ans où elle avait essayé de l'oublier, en pure perte ?

Elle inspira, composa le numéro de son ex. Elle tomba sur la messagerie, et enregistra ses premières impressions sur le vif – décousues, mais assez explicites, menaçantes par bribes, et pour tout dire grossières.

Elle lui suggéra notamment de se mêler de ses fesses, et de se méfier, parce qu'elle pouvait aussi aller devant le juge pour signaler sa tentative d'intimidation – on lui retirerait le droit de visite qu'il utilisait d'ailleurs si peu, et si mal. Parce que s'il voulait vraiment jouer à l'homme, il n'avait qu'à déjà se comporter en père. Ça changerait.

Et merde, Markowicz, c'était sa vie, sa vie, comprenait-il ?

*

Adélaïde, qui séchait exceptionnellement le dernier matin de son école primaire (mais elle irait l'après-midi), profita de ce que sa sœur était sortie à la piscine et joignit Antonin sur son mobile.

Elle entendit dans la voix du garçon une légère précipitation sitôt qu'il comprit que c'était la plus jeune des deux sœurs Arthal ; il avait prévu une grande déclaration, elle l'interrompit tout de suite pour lui dire que cette fois, on y allait, qu'ils avaient trop attendu…

Il bafouilla une phrase bancale, du genre « c'est bien ce que je disais… », tous ses effets coupés.

Adélaïde perçut encore une certaine animosité chez le garçon quand elle lui expliqua que Fleur sortait tous les soirs ; de l'incrédulité quand elle lui certifia que Fleur trompait ainsi l'impatience qu'elle avait d'avoir de ses nouvelles ; un très léger désintérêt quand elle lui annonça son propre programme : elle allait passer le week-end chez sa cousine, ce qui signifiait qu'elle ne serait pas chez elle ce soir…

– Et alors ? demanda Antonin.

– Alors tu ne comprends pas ? Fleur sera là, elle. Seule, donc, puisque ma mère va sortir.

– Comment sais-tu que Fleur va…

– … Rester ? Ne t'en fais pas, c'est infaillible. Ce soir, elle sera enfermée à double tour… Consignée, furieuse de l'être, probablement désabusée…

Adé inventait le plan au fur et à mesure. Il s'imposait avec netteté dans son esprit, aussi beau, tortueux, limpide qu'un stratagème de Merteuil et Valmont.

– Je pense que tu as créé assez d'impatience et de frustration. Désormais, place à l'action. Ce soir, c'est l'occasion de trouver un truc brillant pour revenir dans le jeu, et devenir *un recours*.

– Ah, bredouilla Antonin. Et… et qu'est-ce que je dois faire ?

– Je ne sais pas. Un truc romantique. Invente. Improvise. À toi de jouer.

Quand Adélaïde raccrocha, elle arborait un sourire d'une oreille à l'autre. Ces montagnes russes émotionnelles, c'était vraiment très, très intéressant à observer. Bon. Restait à organiser la soirée de sa sœur. C'est-à-dire sa claustration. Le reste dépendait du garçon, et quel que soit le résultat, réussite provisoire ou fiasco complet, ce serait tout à fait passionnant.

*

Quand Fleur entra dans la cuisine, elle vit qu'Adélaïde portait des vêtements civilisés – un short en jean, un T-shirt, des baskets, comme n'importe qui – et pas son affreuse jupe plissée, les pantoufles et la veste d'intérieur qu'elle se pressait de réenfiler chaque fois qu'elle rentrait à la maison.

L'aînée demanda :

– Tu sors ?

– Je le crains, répondit la cadette. Pour fêter les vacances, je vais dormir chez Camille, notre chère cousine. Parce qu'il convient, paraît-il, que nous entretenions des rapports cordiaux… En plus, je dois me commettre en préado…

Adélaïde montra sa dégaine, grimaça, puis indiqua d'un coup de tête muet mais explicite vers le salon que c'était encore une idée de leur mère.

– Je suis enchantée, ajouta-t-elle. Ça va être trop bien, comme disent les gens de nos jours. Je vais me coltiner deux soirées pyjama, avec du cola, des sodas et des marshmallows, devant des « films de filles » qui dépeindront les péripéties amoureuses pathétiques d'une trentenaire en mal d'homme, dans une quelconque ville américaine. Et samedi après-midi, on ira certainement faire du shopping. Et il faudra en plus feindre l'enthousiasme…

Adé battit des mains en feignant l'enthousiasme.

Anne-Cé entrait à ce moment dans la cuisine. Tout en traversant la pièce, pressée et l'œil rivé sur son smartphone, elle dit :

– Adé, je t'en prie, ne me rends pas folle. J'ai compris que ça ne te plaisait pas, mais…

– Mais que cela me plaise ou non, je dois bien m'entendre avec les filles de mon âge. C'est important pour ma socialisation et mon développement narcissique, je sais, maman. Il faut que je régresse en même temps que toutes les filles de mon âge.

Anne-Cé soupira. Adé soupira. Fleur faillit soupirer, mais préféra en rire nerveusement.

– … Dans trois ans, si tout va bien, je devrais être devenue assez stupide et gloussante pour me faire des amies.

– Adé, je t'en prie ! Tu as préparé ton sac, au moins ?

– Si ça se trouve, reprit la cadette, je finirai même par sortir draguer en ville tous les soirs, comme ma mère et ma grande sœur, en pensant que c'est un signe d'émancipation… Ce sera tellement bien.

Fleur regarda Adé en fronçant les sourcils. Elle avait gaffé. Sa mère avait-elle entendu ?

– Enfin, quand je dis tous les soirs, je ne veux pas dire que ma sœur sort le soir…, corrigea aussitôt Adé, ce qui était encore plus désastreux.

Fleur la regarda et lui fit signe, d'un doigt sur les lèvres, qu'elle se taise complètement, bon sang. Puis d'un doigt passant sur la gorge, elle lui assura (silencieusement) que dans le cas contraire, elle était morte.

Adé regarda Fleur en écarquillant les yeux et en hochant frénétiquement la tête. Elle bredouilla :

– Fleur ne sortirait sûrement pas en ce moment en cachette…

Adélaïde mit enfin une main sur sa bouche.

Leur mère leur tournait le dos. Elle avait interrompu son geste, mais n'avait pas encore réagi. Son silence dura, dura.

– Qu'est-ce que tu racontes, Adé ? dit-elle finalement.

Fleur sentit ses épaules tomber, vaincue d'avance. Elle esquissa quelques pas vers l'entrée de la cuisine, mais la voix de sa mère la cloua sur place :

– Fleur, un instant, je te prie. Adé ? Tu veux bien m'expliquer ?

Adélaïde, la main toujours sur la bouche, secoua la tête comme un otage bâillonné qui refuse de parler.

– Fleur ? dit la mère en se tournant vers l'aînée.

– Ben quoi, je n'ai rien dit, moi ! lança Fleur d'un ton exaspéré.

Elle savait déjà que la soirée était foutue.

*

Une voiture vint chercher la cadette des filles de Markowicz vers 19 heures. Adélaïde traînait une valise à roulettes et cachait sa joie. Diane nota la plaque d'immatriculation, constata que la conductrice embrassait Anne-Cé et que les deux femmes se ressemblaient comme deux gouttes d'eau. De la famille, sans doute. Une sœur ?

Elle partait pour le week-end ?

Ensuite, la capitaine attendit, de nouveau.

*

Bosco reçut le rapport d'analyse d'Anna par mail. La lieutenante provisoire était rentrée à Paris, notamment pour ne pas partager la promiscuité de cette « colonie de vacances ». Elle ne servait à rien ici, disait-elle – et c'était vrai, du moins avant l'expédition de Jimi et Léon la nuit précédente chez Valentine Manant…

Bosco sauta aux conclusions du rapport. En attendant un hypothétique come-back breton, la lieutenante Anna Brun avait analysé les photos de médecine légale et examiné les échantillons de bave de goule qu'on leur avait enfin transmis. Elle y avait trouvé un élément nouveau, inquiétant : ils contenaient des traces de MDMA, une drogue de synthèse utilisée surtout en soirée par des fêtards. Or, cela avait son importance. Ce stupéfiant catalysait quelque chose dans le cerveau, accélérait les transformations, parfois même sans qu'il y ait de symptômes précurseurs. On ne comptait plus les drames consécutifs à des « crises », lors des soirées, raves et festivals technos.

La présence de drogue indiquait-elle que le tueur s'était délibérément transformé en goule ?

Quel sens cela avait-il ? Le tueur n'avait pas pu se transformer chez Valentine Manant, il en resterait des traces.

Bosco sortit son carnet à spirale, explicita les questions qui lui venaient logiquement :

« *S'il a enlevé Valentine chez elle, où l'a-t-il enfermée le temps que la métamorphose survienne ?* »

« *N'est-il venu chez elle qu'après l'agression, et dans ce cas, pourquoi ?* »

« *Simplement pour déchirer l'agenda ?* »

Ensuite, Bosco décrocha son téléphone fixe, mais hésita quelques secondes avant de composer le numéro privé d'Anna. Il l'imagina, chez elle, dans son tailleur cintré, les cheveux parfaitement tenus. Cette femme le tétanisait délicieusement. Elle avait un côté lisse, parfait, désincarné. Une beauté de cire ou de marbre, plus impressionnante encore que celle d'Anne-Cécile Arthal, moins vivante, plus parfaite, d'une sophistication quasi artificielle. Bosco adorait travailler avec elle sur une scène de crime. Elle était méticuleuse, froide, rationnelle. Et elle avait suivi une formation de chimiste, avant d'obtenir ses diplômes de thanatopracteur. Étrange cursus. Étrange femme, qui chaque fois paralysait et embrasait le minuscule commandant.

Jimi l'appelait « la momie ». « Parce qu'elle embaume », expliquait-il. Il n'avait jamais précisé si c'était une allusion à son ex-métier de thanatopractrice ou à son parfum, discret mais puissant, envoûtant et capiteux. La seule chose qu'avait ajoutée Jimi, en revanche, une seule fois, c'est que « pour aimer ce genre de femme, il faut être nécrophile comme Bosco ». Ce n'était pas gentil. Mais le lieutenant Fermeture, dit Jimi Hendrix, n'était jamais gentil – sauf nécessité de service.

Bosco tomba sur la messagerie de la lieutenante Brun.

– Anna ? Ici le commandant Jean Bosco Nyirabuhinja… Je suis désolé, je sais que nous sommes vendredi soir, mais je voulais des précisions sur le dosage d'amphétamines, dans la bave de goule. Et je vous ai également communiqué par UPS un agenda. Je voulais savoir si vous aviez eu le temps d'isoler des empreintes ?

Le tout était dit avec la courtoisie exquise, discrètement mâtinée de suavité sur certaines inflexions, d'autorité virile sur d'autres, qui seyait à une conversation amoureuse. Bosco, très content de lui, réécouta son message, puis raccrocha.

37.

Anne-Cé Arthal sortit de chez elle vers 20 heures, pour se rendre en ville.

Dans ses jumelles, Diane nota deux changements : d'une part, l'ex du Patron paraissait nerveuse, jetant des coups d'œil dans toutes les directions comme si elle se savait surveillée ; d'autre part, sa fille aînée ne montra pas le bout de son nez deux minutes plus tard. Apparemment, Fleur Arthal avait décidé de passer la soirée seule à la maison.

Les heures passèrent.

On était entre chien et loup.

Diane songeait qu'elle aurait préféré être ailleurs, pas forcément dans des rêves impossibles, non – juste sur cette plage, par exemple, où elle avait profité du soleil, la veille, et où elle aurait adoré le voir se coucher sur la mer : les étoiles, la grève qu'elle imaginait brillante sous la lune, mais peut-être n'était-ce qu'une masse noire indistincte de la mer ? Et à quoi cela ressemblait, un bain de minuit, quand on savait nager ?

Elle aurait volontiers essayé, quitte à se mettre en maillot rouge à nœud-nœud, et à ressembler à un sac d'os, une moitié de femme… Mais à qui proposer de l'accompagner ?

Si Fleur Arthal avait été moins chiante, elle aurait pris le bus pour la mer à cet instant, au lieu de rester cloîtrée chez elle précisément le soir où la chaleur était la plus étouffante.

Diane se surprit du cours de ses pensées.

Elle se sentait en colère contre la fille, qui était la victime désignée, et qui risquait d'être éventrée. L'était-elle aussi contre le père, le commissaire aux si étranges façons ? Contre le fils illégitime et insolent, ce Jimi Hendrix qui avait son âge, qui l'avait cataloguée « Diane de Moitié », se foutait de sa gueule et n'avait rien d'un flic ?

Il fallait qu'elle « fasse le point de ses colères », qu'elle les « examine », les « comprenne », prétendait le thérapeute de l'IGPN. Sinon, elle ne pourrait jamais les maîtriser.

Contre qui était-elle en colère de n'avoir jamais vu la mer, auparavant ? De ne pas avoir eu de père pour lui apprendre à nager ? De n'avoir personne à emmener sur la plage un soir de juillet ?

Qu'est-ce qui merdait chez elle ?

C'est alors qu'elle vit le suspect.

Il se cachait derrière une voiture, à cinquante mètres de la maison.

Il progressa vers le domicile des Arthal, d'abord dissimulé par un camion Volkswagen assez luxueux, puis en terrain découvert. Diane sentit son sang ne faire qu'un tour. Le garçon brun, grand et mince, approchait à pas de loup du domicile de la famille Arthal, un sac sur le dos. Elle sortit son flingue, ouvrit la porte côté conducteur sans le quitter des yeux – et sans un bruit.

Le suspect venait de soulever son T-shirt et

déroulait quelque chose, un câble ou une corde, au pied du balcon de Fleur…

*

Antonin vérifia une dernière fois que tout était prêt. Il fixa son mini-grappin au filin, s'assura qu'il tenait ferme, sortit aussi le livre de *Cyrano* qu'il ouvrit à l'acte III, scène 10 – le passage qu'il avait sélectionné. Bien. Tout était favorable. Fleur était dans sa chambre, il voyait la lumière allumée derrière le voile des rideaux. Un pan de la baie vitrée était ouvert pour faire de l'air.

Il pouvait y aller.

Il commença d'appeler, à mi-voix :

– Fleur… Fleur…

Rien.

– Fleu-re !!!!

Toujours pas de réponse. Si ça se trouve elle avait son casque stéréo sur les oreilles. Dans ce cas, elle n'entendrait rien, ni appel ni gravier sur sa vitre, et tout serait foutu.

Antonin s'apprêtait déjà à se tordre les mains de désespoir, mais il eut une idée moins romantique, et plus efficace – espérait-il. Il sortit de sa poche son téléphone, composa un SMS. Au même moment, il sentit de l'acier contre son crâne. Une voix féminine, juvénile, derrière son dos, dit :

– Tu ne bouges pas. Tu écartes les mains très, très lentement…

Il lâcha son téléphone qui fit un bruit mou en atterrissant dans la pelouse.

– Madame… madame Arthal ?

*

Diane braquait son .38 sur la tempe du garçon, maintenant. Vu de près, même dans la pénombre, il avait un air doux, gentil, presque niais. Pas l'allure d'un éventreur. Mais cela ne voulait rien dire.

Elle ordonna en chuchotant :

– Enlève ton sac et ouvre-le. Mets-toi à genoux. Les mains sur la nuque.

Elle fouilla rapidement, sans le lâcher une seconde des yeux : le bagage était vide. Pas de couteaux, de ciseaux, de scie.

– C'est quoi, le truc avec des griffes que tu as accroché à ton câble ? Une arme ?

– Un mini-grappin. Pour accrocher la rambarde du balcon. Je… je suis acrobate, madame.

Il gardait les yeux baissés sur le gazon, les mains sur la nuque, et parlait de façon hésitante, en ayant l'air de s'excuser.

– Tu es qui ? demanda Diane.

– Antonin. L'amoureux de Fleur… Enfin, pas vraiment l'amoureux, le… prétendant. Je prétends devenir son amoureux, vous voyez. J'aimerais bien. Mais je ne suis pas sûr que je vais réussir à…

– OK. Je vois l'idée. Et là, tu viens faire quoi ?

– La… la séduire.

– Elle le sait ? Elle t'attend ?

– Non. C'est une… surprise. Adélaïde m'a dit que ce serait… romantique.

Adélaïde ? La petite sœur ? Qu'est-ce qu'elle pouvait avoir à faire là-dedans ? En tout cas, cela sonnait juste, cela ressemblait à des conneries de gamins. Ou d'amoureux.

– OK. Tu peux baisser les mains et te relever. Tourne-toi vers moi.

*

Antonin fit face, dans la pénombre, à celle qui l'avait palpé. C'était encore une toute jeune femme, maigre, habillée comme une ado, et qui ne ressemblait pas à la mère de Fleur pour deux ronds.

Cela dit, elle tenait un flingue, qu'elle braquait maintenant contre sa poitrine. De l'autre main, elle sortit son téléphone, déclencha l'appli lampe de poche, lui éclaira le visage, les yeux, le nez. Elle dit :

– Ouvre la bouche…

Elle lui éclaira les dents. Elle demanda :

– Montre-moi tes oreilles…

Il obtempéra. Qu'est-ce qui lui prenait ? Elle était médecin, ou quoi ?

– OK, dit-elle. Ça va. Je suis flic. Une… une amie du père de Fleur. Tu as entendu parler du père de Fleur ?

– Oui. Bien sûr. Plein de fois.

– Écoute-moi bien. Il a des ennuis, de gros ennuis. Et on doit protéger sa famille. Mais il ne faut pas qu'elle le sache. Alors, on va faire un marché… Je te laisse monter là-haut, mais tu ne dis à personne que tu m'as rencontrée. À personne, tu entends. Ni à Fleur ni à sa sœur…

Oui, oui, il comprenait. Il hocha la tête. Après tout, ce n'était pas si grave. Il mentait déjà à Fleur à propos de sa sœur. Il pouvait en rajouter. Il était prêt à en ajouter davantage encore si la soi-disant flic acceptait de baisser enfin son arme…

Elle détourna le pistolet, qui cessa de viser ses organes vitaux. Instinctivement, il soupira.

– Tu t'appelles comment ? demanda-t-elle.

– Antonin, répéta-t-il.

– Antonin comment ?

– Antonin Antonin… C'est… mon nom d'artiste… Je suis fildefériste…

Elle le regardait, l'air impatient, et l'arme remonta toute seule. Il soupira de nouveau, cette fois comme une reddition :

– En vrai, mon prénom, c'est Kevin. Kevin Antonin. Mais je trouve que ça craint, alors tout le monde m'appelle Antonin.

– D'accord. Antonin Antonin. Alors, tu comptes t'y prendre comment pour monter dans cette chambre ? Et tu vas y rester combien de temps ?

*

Ils eurent un conciliabule, toujours à voix basse, concernant la stratégie d'Antonin.

Il comptait appeler Fleur et lui réciter l'acte III, scène 10 de *Cyrano*. La scène du baiser. Diane lui demanda pourquoi celle-là. Il lui répondit que justement, le but, c'était de l'embrasser. Diane suggéra qu'il aurait pu dans ce cas choisir tout aussi bien la scène du balcon de Vérone, Shakespeare, *Roméo et Juliette*. Antonin s'inquiéta que cela aurait pu être plus romantique et réussi. Diane hésita, lui dit que peut-être, mais que de toute façon, il n'avait pas moyen de diffuser le film.

Il en convint, tout en lui précisant que *Roméo et Juliette* était un livre, à l'origine. Une pièce.

Ensuite, elle lui demanda :

– Et donc, je suppose que tu n'as aucune idée du temps que tu vas passer là-haut. Ni même si tu vas réussir à y grimper…

– Techniquement, je sais que je peux l'escalader sans problème, répondit-il. En revanche, je ne sais pas si Fleur m'autorisera à le faire.

– Il ne faut pas qu'elle te le permette, corrigea Diane. Il faut qu'elle t'y invite. Qu'elle te presse de le faire. Ou que toi, tu en conquières le droit…

– Oui, répondit-il, déterminé. Vous avez raison.

– Bon, alors je te laisse. Tu n'oublies pas, hein ? Tu m'oublies.

Diane réalisa que sa phrase n'était pas claire, mais encore une fois, il avait hoché la tête.

Il la regardait, attendit quelques instants, puis demanda :

– Vous… vous restez là, madame ? Vous allez nous écouter ?

– Tu préfères que je m'éloigne ?

– Si ça ne vous ennuie pas.

*

Resté seul, Antonin tâtonna une minute pour retrouver son mobile dans la pelouse, puis il envoya un SMS sur celui de Fleur. Ça disait : « *L'air est doux, ce soir. Les étoiles sont belles.* »

Elle répondit quelques secondes plus tard : « *??????* » Puis : « *Tu écris des poèmes ?* », avec un smiley.

Il soupira, haussa les épaules, et rédigea : « *Non.* »

« *Je suis sous ta fenêtre.* »

Elle sortit, silhouette blanche dans la nuit. Elle était en chemise de nuit, apparemment. Légère. Très légère. Si légère… Elle semblait irradier dans la nuit, chevelure blonde, chemise blanche.

Debout sur la pelouse, il commença de lire la tirade du baiser, à voix haute, comme il l'avait prévu. Acte III, scène 10. « Un baiser, mais à tout prendre qu'est-ce ? »

Au bout d'une dizaine de vers, elle l'interrompit et dit :

– Tu ne veux pas monter ? Je suis enfermée dans ma chambre pour la soirée.

Il soupira de nouveau, haussa les épaules derechef, et dit que si.

Il lui conseilla de se reculer un instant, pour ne pas qu'il la blesse avec le grappin (ce qui aurait gâché la soirée). Elle obtempéra. Il grimpa à son câble avec la souplesse d'un chat (même si les chats ne grimpent pas à la corde), bondit, se rétablit sans peine sur la rambarde.

Il faillit perdre l'équilibre, en revanche, lorsqu'il la vit, dans sa chemise de nuit, la lumière dans le dos dessinant une auréole dans ses cheveux blonds et révélant une transparence du tissu qui divulguait des secrets imprévus. Il se mit à bégayer.

Elle dit :

– C'était joli, ce que tu lisais.

– Cy… Cyrano. Acte III, scène 10. En fait, je l'ai pris parce que… C'est Christian qui parle… Mais en fait, c'est Cyrano qui lui prête… ses mots… Et comme je ne sais pas te dire que… Moi aussi, je lui emprunte les mots et je… tu comprends ?

– Non. Embrasse-moi.

Il se pencha vers elle, elle crut qu'il allait tomber. Elle précisa :

– Descends de la rambarde, et embrasse-moi ensuite.

Il s'exécuta.

*

Diane les vit entrer dans la chambre, à travers les voiles blancs des rideaux de Fleur qui auraient dû théoriquement flotter légèrement dans l'air du soir pour parfaire la scène – sauf qu'il n'y avait pas un souffle d'air ce soir et qu'on étouffait. Les deux amoureux ne furent plus que des silhouettes enlacées, une seule silhouette, derrière le voile, puis ils furent invisibles – s'étaient-ils laissés tomber sur le lit ?

Diane abaissa ses jumelles, s'essuya le front.

Elle avait ouvert les fenêtres du 4 × 4, côté rue, pour respirer un peu. Elle mit de la musique, en sourdine, à l'autoradio. Elle avait figé un sourire sur ses lèvres, comme si tout cela était charmant, que c'était la jeunesse et qu'il était heureux que jeunesse se fasse. Elle n'en croyait pas un mot. Au cœur, elle se sentait un pincement bizarre. Baiser, festin d'amour, dont elle était le Lazare.

Trois heures plus tard, elle vit Antonin descendre du balcon comme un chat (car les chats, en revanche, dégringolent des balcons prestement) et disparaître en courant, la tête dans les étoiles sans doute. Très peu de temps après, la lumière s'éteignit dans la chambre de Fleur – quelques minutes seulement avant le retour d'Anne-Cécile Arthal.

Comment faisait la fille pour deviner si exactement les horaires de la mère ?

Onzième jour

38.

Huit heures plus tard, Diane poussa un soupir de soulagement lorsqu'elle vit Fleur sortir pour jeter les poubelles dans le container. Elle avait merdé cette nuit, et elle l'avait compris depuis un moment déjà.

Lorsque Willa était venue la relayer à bicyclette, elle était rentrée à l'hôtel, avait trouvé les derniers comptes rendus de la Brigade sur son ordi, les avait parcourus : Jimi, ou Bosco, ou Markowicz lui-même, avaient mis la main sur un agenda ayant appartenu à Valentine ; ils espéraient isoler les empreintes du tueur ; en attendant de pouvoir l'identifier – s'il était fiché –, on surveillait particulièrement les individus susceptibles de connaître Valentine Manant, de consommer des drogues de synthèse et dont le nom commençait par un « A ».

A comme Antonin.

Du coup, Diane était revenue dare-dare rue Servat. Elle avait menti à Willa, prétextant que le décalage de son biorythme lui provoquait des insomnies, qu'elle s'ennuyait dans la chambre et qu'elle revenait faire le guet – sans lui expliquer véritablement la situation.

Et maintenant, elle se retrouvait coincée au milieu d'un long tunnel sans sommeil, et sans amphétamines. Mais ce n'était pas le pire. Si Markowicz apprenait que Diane facilitait la tâche d'un jeune homme qui se piquait de séduire sa fille… Elle imaginait très bien le commissaire en père jaloux, d'autant plus possessif qu'il était éloigné. Mieux valait sans doute ne pas notifier l'événement dans son rapport quotidien.

De toute façon, ce matin, Antonin Antonin n'était pas revenu se cacher derrière une voiture avec son mini-grappin, son acte III et sa timidité maladive. S'était-il remis de sa soirée ?

Dormait-il, épuisé de bonheur ? En ce cas, grand bien lui fasse…

La petite sœur revint dans la même voiture que la veille. À voir la tête de la blonde qui la raccompagnait, et celle que tira la mère d'Adélaïde lorsqu'elles eurent discuté, Diane se dit que la soirée n'avait pas dû se passer selon les souhaits et espérances des deux femmes.

La fillette affichait un air renfrogné et triomphant à la fois. Paisiblement narquois. Celle-là, à n'en pas douter, c'était une chieuse. Plus que l'aînée ?

Elles rentrèrent dans la maison. Fleur n'en sortit pas. Cette inaction, c'était pire que tout. Cela faisait déjà vingt-huit heures qu'elle veillait ; il n'en restait que treize à tirer jusqu'à ce que Willa la relaye. Diane ouvrit une nouvelle bouteille de cola, en avala une longue gorgée.

*

Fleur avait eu le temps d'y réfléchir, pendant la seconde moitié de la nuit, puis pendant le début de la matinée – parce qu'il était impossible de fermer l'œil, après tout ça. Dès que sa mère eut fini d'engueuler sa petite sœur, Fleur exfiltra Adélaïde dans sa propre chambre.

Elle lui demanda :

– Tu savais qu'Antonin allait venir hier soir ? C'est pour ça que tu m'as dénoncée hier après-midi ?

La fillette sourit ironiquement, avant d'afficher son air-parfaitement-étonné, de-quoi-me-parle-t-on-je-vous-prie ?

– Ah bon, il est venu te voir ? Et c'était bien ?

– Comment tu le savais ? Qu'il viendrait ? insista Fleur.

– Comment l'eussé-je su ? répondit Adé, moqueuse.

Fleur eut envie de lui arracher ses couettes, ou de la torturer longuement pour qu'elle avoue son rôle véritable dans cette mémorable, merveilleuse, mirifique soirée ; elle eut envie en même temps de tout lui raconter, par le menu, en détail et en Full HD.

– Et alors, vous vous embrassâtes ? Avec la langue ? fit la voix ingénue.

Fleur décida que, tout bien considéré, elle n'allait rien faire du tout – ni sévices ni confidences. Elle poussa Adé dehors et lui claqua la porte au nez.

*

Antonin planait très, très haut, à ces altitudes dangereuses où l'ivresse des sommets vous fait perdre contact avec la réalité, l'envisager sous un jour nouveau, optimiste, exagérément favorable.

Il avait atteint cet état moins de cinq secondes après avoir achevé son escalade de la rambarde de Fleur – lorsqu'il l'avait vue devant lui, sur le balcon, ses cheveux blonds dans le halo de la lumière de la chambre, ses yeux brillants de lune, avec la transparence de la chemise de nuit, et tout...

Et il avait le sentiment de n'en être jamais redescendu.

Il se souvenait comme elle l'avait regardé. Comme elle était belle, dans la nuit, et cette nuisette si blanche, si courte, qui voilait mystérieusement et dévoilait merveilleusement. Ils s'étaient embrassés. Plusieurs fois. Plein de fois (en essayant chaque fois de faire un truc différent, avec leurs langues, parce qu'ils savaient tous les deux qu'ils étaient censés s'en servir, mais pour faire quoi, exactement ?) (enfin, ils ne s'étaient pas si mal débrouillés, pour des débutants, lui semblait-il).

Et comme elle s'était laissée tomber, ensuite, enlacée contre lui, sur le lit...

S'il avait voulu, il aurait pu... Ils auraient pu s'aimer, là, sur ce lit. Se déshabiller avec douceur, puis une sorte de colère, d'impatience, se rouler dans les draps, et...

Peut-être était-ce ce qu'elle attendait ? Peut-être Fleur les avait-elle laissés tomber sur le lit pour qu'ils s'aiment ainsi – et lui s'était contenté de picorer le bonheur, quand elle voulait y mordre à pleine bouche ?

Antonin se sentit tomber, tout d'un coup, en chute libre, des altitudes inaccessibles où il planait depuis des heures. Zut. *Blood and guts*.

Sûrement, il n'avait pas fait ce qu'il fallait. Pas pris le taureau par les cornes.

Fleur était probablement déçue. Peut-être irrémédiablement, pour toujours.

Peut-être s'était-il ridiculisé, la veille au soir, se pensant romantique alors qu'il était niais ?

*

Au fond, Fleur se foutait de savoir quel rôle avait joué Adélaïde dans les circonstances favorables de la veille.

Ce qui comptait, ce n'étaient pas les appuis dont Antonin avait bénéficié, mais la façon dont il les avait utilisés. Son audace, sa hardiesse, sa fougue puis sa délicatesse.

Et peu importe qu'il ait récité une pièce de théâtre plutôt que de trousser ses propres mots.

Ce qui comptait, c'est qu'il avait compris que ce baiser, il fallait aller le conquérir de haute lutte, maintenant, urgemment – que c'était une question de minutes, de survie, que Fleur sans cela aurait fini par s'étioler, se faner.

Et tant pis aussi s'ils n'avaient pas fait l'amour. Ou même tant mieux. En fait, il avait sûrement senti qu'elle en avait un peu peur. La douceur après la hardiesse… Quel merveilleux cocktail, quel merveilleux amoureux !

Il restait des tas de choses à découvrir. Elle avait le temps.

Maintenant qu'elle avait un copain, elle allait savourer. Sûr de sûr. Parce qu'en plus, son copain, c'était aussi son amoureux…

*

Jimi avait appelé plusieurs de ses dealers, cette nuit, pour se renseigner sur un éventuel nouveau client, bizarre et consommateur de MDMA.

– Peut-être à Rennes, avait-il précisé.

Il avait fait chou blanc. La notion de bizarrerie est trop relative, dans le milieu du deal.

Pour s'occuper, ce matin, Jimi faisait des tours dans la ville de Rennes, repérant des bars interlopes, notant mentalement des trafics illicites, des tripots secrets dont la clientèle ne s'évanouissait qu'après l'aube, des garages améliorés, des ateliers clandestins, des lieux de perdition encore clos… Bref, il flânait.

39.

Anna Brun rappela Bosco en toute fin d'après-midi.

Le commandant, en reconnaissant la voix glacée, frétilla sur sa chaise, parcouru d'un frisson à l'idée de commettre le moindre impair.

– J'ai isolé l'empreinte, dit-elle. Je viens de la comparer, dans les fichiers de la police nationale et dans les nôtres. Nous en détenions déjà une occurrence, commandant. C'est l'individu suspect du zoo de Denfert.

Bosco demanda qu'elle lui envoie les éléments par mail, raccrocha, se lissa le crâne lisse, de sa toute petite main. Damnation. Il ouvrit le zip envoyé par Anna, qui comportait les empreintes, la comparaison (dix-neuf points de convergence) et le dossier du zoo de Denfert-Rochereau. Il cliqua sur le film de vidéosurveillance vieux de deux ans, même s'il n'en avait oublié aucun détail. Vingt-six mois plus tôt, au zoo de Denfert-Rochereau, un type était entré de nuit, par effraction, avait neutralisé le gardien puis pénétré dans une cellule occupée par une goule en pleine crise. Les images de vidéosurveillance le montraient se faire mordre, apparemment sciemment, avant d'assommer la goule de plusieurs décharges électriques avec son Taser. Une sorte de contamination volontaire, étrange et incompréhensible.

Ensuite, le type était reparti à pied comme il était venu.

« Damnation », répéta-t-il à mi-voix… Cela signifiait que cet homme préparait sa vengeance depuis deux ans. Qu'il avait décidé d'être goule, et de provoquer ses transformations à l'aide d'une drogue de synthèse, pour assouvir sa rancune.

Bosco sentit une panique monter en lui. Deux ans… Ce n'était plus de la détermination. C'était carrément de l'obsession… Il se leva.

– Commissaire ! appela-t-il en traversant les pièces qui le séparaient de la bibliothèque. Commissaire !

*

Anne-Cé décida à la même heure de lever la sanction qui confinait Fleur à la maison. D'une part, sa fille s'était montrée charmante toute la journée – un peu fatiguée, peut-être, mais joyeuse et pétulante ; d'autre part, Anne-Cé se sentait d'humeur magnanime, et d'autant plus avec l'aînée qu'elle en voulait à la cadette, coupable d'avoir délibérément fichu en l'air le week-end avec sa cousine… Anne-Cé comprenait Fleur, ouverte, lumineuse, entourée d'amis, aimant la plage, le soleil, boire un coup en cachette, rire, faire les magasins. Adélaïde, avec son caractère ombrageux, sombre, introspectif, artiste aussi (mais tendance artiste maudit), l'inquiétait davantage.

Elle annonça à ses deux filles que ce soir, ce serait le dîner de la Grande Réconciliation. Elle allait faire des courses, on dînerait dans le jardin, et on réfléchirait à la façon d'occuper le mois de juillet agréablement – puisque les deux filles étaient en vacances, et elle-même au boulot.

– On pourrait aller voir papa, à la Brigade, pour étudier des cadavres, suggéra Adélaïde.

Ce qu'Anne-Cé ne releva pas.

– Je t'accompagne, dans ce cas, on fait les courses ensemble et c'est moi qui fais la cuisine, proposa Fleur.

Ce qu'Anne-Cé releva.

*

Fleur monta à l'étage au triple galop pour se changer avant d'aller en ville.

Qui sait, Antonin la guettait peut-être. Peut-être la suivrait-il, et, profitant d'une rencontre impromptue, l'enlèverait-il sur un alezan fou ? Ou peut-être sa mère inviterait-elle le charmant garçon au dîner de la Grande Réconciliation ?

Dans le cas contraire, ce soir, Fleur dirait qu'elle était amoureuse. C'était important. Il fallait dire la vérité à sa mère, mais à son rythme, en choisissant ses mots…

40.

La camionnette passa, à vitesse trop réduite, le long du 4×4 de Diane. Elle alla se garer précisément au pied de la pelouse en pente douce des Arthal, devant la barrière blanche repeinte récemment.

C'était un camion bleu aux couleurs d'une entreprise d'artisan. «*Plomberie Létourneux*». Diane ne l'avait pas encore vu dans le coin. Elle attendit quelques instants, mais personne n'en sortit, ni conducteur ni passager. Les vitres du camion étaient fumées, comme les siennes – l'idéal pour observer sans être vu.

Diane prit les jumelles, appela Willa. Merde, occupé. Elle lui envoya un SMS pour lui communiquer une immatriculation et demander l'identification du véhicule.

Le conducteur ne sortait toujours pas…

La tension monta d'un cran. Pourquoi un plombier se serait-il garé juste au pied de la maison des Arthal à cette heure-là, presque 19 heures, un samedi ? Intervention d'urgence ? Mais dans ce cas, pourquoi le plombier restait-il enfermé dans son véhicule depuis cinq minutes ?

Zone de danger…

Diane s'efforça de rester calme comme une

chasseuse. Pour faire redescendre son rythme cardiaque, elle prit au jugé son pistolet posé sur le siège passager et le posa sur sa cuisse droite, les jumelles toujours braquées de la main gauche sur le camion. Était-ce vraiment une bonne idée ? Le thérapeute avait dit :

– Vous entretenez avec notre arme de service une relation problématique, il vous rassure comme un objet transitionnel…

– Un quoi ? avait-elle demandé.

– Un doudou, avait-il traduit.

*

Willa dormait, à plat ventre et en tenue d'Ève, comme à son habitude, en travers du lit défait.

Son téléphone portable posé sur la table de nuit la réveilla à la sixième sonnerie. Elle leva un visage hagard, réalisa qu'il faisait encore jour et pensa à une erreur dans la programmation de son réveil – avant de comprendre que c'était un appel. Elle décrocha en se grattant les cheveux.

– Lieutenant, je vous dérange ? fit une voix rêveuse.

Willa ressentit une décharge d'adrénaline : c'était le commissaire Markowicz en personne.

– Non, chef. Je dormais, chef…

– Navré d'interrompre votre sieste. Savez-vous si le capitaine Jobert est en poste ?

– Euh… Oui… Bien sûr… Depuis… depuis hier matin, en fait.

– Bien. Alors je vous passe Bosco.

Il y eut une brève pause. Puis elle reconnut la voix flûtée et sérieuse de l'adjoint.

– Bonjour, lieutenant.

– Du neuf ?

– Oui. Nous avons avancé sur l'enquête concernant Valentine. Anna a isolé une empreinte exploitable, répertoriée dans les fichiers, sur l'agenda de Valentine.

En entendant Bosco s'exprimer protocolairement, Willa imagina le visage de son supérieur à cette minute : impassible, les lunettes demi-lunes glissant sur le nez, la feuille de résultats sous les yeux, l'écran ouvert sur le fichier en question. Exaspérant de lenteur…

– Et alors ? le coupa-t-elle. C'est qui ?

– Pas de nom. L'empreinte appartient à un inconnu. Mais il avait laissé auparavant sa trace ailleurs…

– Racontez, commandant, s'impatienta-t-elle encore.

– Vous souvenez-vous de l'intrusion qu'il y a eue au zoo de Denfert, voici deux ans ?

Oui. Willa se souvenait. C'était peu après son arrivée dans la Brigade.

– A *priori*, c'est le même type, ajouta Bosco.

– Cela voudrait dire que Valentine Manant a effectivement eu affaire à une goule avant de perdre les deux bras ?

– Nous le pensons désormais, oui. Cela expliquerait la bave.

– Merde. Attendez une minute, commandant… Je vous rappelle.

Willa vérifia ses mails sur son mobile. Aucun message de Diane. Elle reprit l'appel.

– Dans ce cas, ça veut dire que « la prochaine

fois » qu'il annonçait dans son message, c'est sa prochaine transformation ? Non ?

– Probable, effectivement.

– Merde ! répéta-t-elle. Ça peut être dans deux semaines, deux mois ou deux ans…

– Ou dans deux heures. La bave de goule collectée dans les restes de Valentine Manant contenait des traces de MDMA.

– *Shit*, jura Willa, en anglais cette fois, pour changer.

– Oui, effectivement, dit Bosco. Il est pressé.

– Tant mieux en un sens. Autant passer à l'action le plus vite possible. On ne va pas jouer à la nounou pendant des mois…

– Vous direz cela au commissaire, lieutenant.

Elle se rendit compte de sa gaffe, comprit que Markowicz écoutait certainement, en haut-parleur, et voulut rétablir la situation.

– Tout est sous contrôle, dit-elle. Diane planque, et c'est une chasseuse. Attendez une seconde…

Elle venait d'entendre le signal d'appel et regarda l'appareil.

– … Elle vient d'essayer de me joindre.

– Rappelez-la immédiatement. Vous la tenez au courant qu'on s'attend à un monstre, et pas à un homme.

– *Of course*, Gimli. On gère.

Willa réalisa qu'elle venait d'utiliser le surnom du commandant, s'empourpra légèrement. Elle voulut se reprendre, s'excuser, mais son supérieur avait déjà raccroché.

*

Du hayon arrière du camion, il y avait trois chances sur quatre que le « plombier » voie Diane venir vers lui. Quatre chances sur quatre, s'il l'attendait. Si elle courait vers le camion, là, tout de suite, de quoi aurait-elle l'air ?

D'une flic. Et le type, si c'était lui, avait tout fait pour que des flics surveillent la maison.

Quelle conne ! Elle aurait dû tenir compte du sens de la circulation et se garer *après* le pavillon. Pour voir de face des voitures qui s'arrêtaient.

Elle ouvrit sa portière côté conducteur. Très doucement. Les reflets du soleil déclinant sur le pare-brise dissimulaient ses mouvements aux yeux du guetteur, du moins l'espérait-elle. Elle se glissa hors de la voiture, se courba en deux. Tournant le dos au pavillon et au camion, elle s'éloigna presque à quatre pattes, aussi vite qu'elle le put, pour prendre à droite dans la première rue adjacente.

Elle se redressa seulement alors et se mit à courir pour faire le tour du pâté de maisons. À bout de souffle, elle déboucha dans la rue Servat cinquante mètres plus haut, risqua un œil. Cette fois, elle voyait le camion de plus près et de face.

Derrière le pare-brise, il n'y avait apparemment personne. Le type était-il passé à l'arrière pour faire le guet ? Était-il sorti du véhicule pendant qu'elle effectuait sa manœuvre ?

Un coup d'œil au pavillon des Arthal : personne, ni sur la pelouse ni devant la maison.

*

Le coup de fil de Bosco faisait flipper Willa. Une fine pellicule de sueur avait couvert son front.

Diane n'avait laissé aucun autre message qu'un numéro d'immatriculation, dont elle demandait qu'on vérifie le propriétaire. Un de plus. Un suspect ?

Willa avait toujours détesté l'histoire du zoo de Denfert, l'idée qu'un type s'introduise dans une cellule pour se faire contaminer. C'était incontestablement un dangereux malade. Bon sang, et Diane qui risquait de…

Willa décida qu'elle allait rejoindre tout de suite la capitaine devant le pavillon, pour l'informer de la situation, plutôt que de le faire par téléphone.

Elle commença de chercher ses fringues dispersées dans la pièce…

*

De nouveau, Diane composa un SMS pour Willa :

« *Je crois qu'il est devant chez elles. Rapplique.* »

Elle se demanda si elle allait l'attendre, puis décida que non – Willa mettrait une demi-heure à arriver, quand bien même elle trouverait immédiatement son message. Pas question de poireauter aussi longtemps, avec un tueur planqué dans la camionnette, susceptible de sortir n'importe quand, ou même de faire un carton sur les fenêtres du pavillon depuis son véhicule.

Diane plaqua son arme le long de sa cuisse gauche.

Les yeux braqués sur le pare-brise du camion

et le siège du conducteur toujours parfaitement vide, elle commença d'avancer lentement, prudemment, vers lui.

*

Willa avait passé un T-shirt et son pantalon de treillis et rappelé Maman. Elle lui donna l'immatriculation, raccrocha, vit que son portable, par terre clignotait, de nouveau : Diane avait encore cherché à la joindre. *Shit!* Willa lut le message qu'elle avait laissé, jura encore, dans plusieurs langues, chercha où elle avait laissé son flingue, puis la clé de cadenas de son vélo.

Ensuite, elle composa un SMS pour Diane.

«*J'arrive.*»

Puis un deuxième :

«*Gaffe, ma grande, c'est une goule.*»

Enfin, elle rappela Bosco.

41.

Fleur écrivit le SMS pour Antonin : « *Ce soir, viens plus tard… maman est là…* »

Puis elle ajouta : « *Je te présenterai* », et encore : « *Je t'aime, Antonin* ». Elle appuya sur l'envoi sans se donner le temps de réfléchir aux conséquences de cet aveu.

*

– Fleur ! On y va ? appela Anne-Cé. Tu n'as pas besoin de te maquiller pour acheter simplement de quoi dîner… Il est 19 heures, la supérette va fermer !

42.

Diane atteignit la camionnette sans encombre après une course de vingt mètres. Elle mit un genou à terre, prit un instant appui sur le phare avant gauche.

Le « plombier » l'avait-il vue ? Et dans ce cas, qu'attendait-il ?

Dans quel espoir les avait-il attirés ici – il voulait cartonner un flic ? Ou juste Markowicz ?

Diane n'avait aucune preuve que c'était le tueur. Elle se répéta la leçon de la légitime défense et les consignes de tir : faire les sommations d'usage ; ne pas tirer la première, sauf si elle voyait le suspect armé, prêt à faire feu.

Elle transpirait, et raffermit sa main glissante sur la crosse.

C'était la première fois qu'elle avait le Glock 19 en main depuis le 1er avril.

« Allez, deuxième étape… »

Elle se redressa, jeta un œil à la cabine du conducteur. Vide, effectivement. Les clés de contact étaient encore sur le Neiman. Le « plombier » les avait-il laissées parce qu'il anticipait un départ précipité ? Était-il sorti du camion ? Était-il là, derrière, dans l'habitacle – la cabine devait communiquer avec l'arrière, forcément ?

Qu'attendait-il ?

Courbée en deux, elle colla un instant l'oreille contre la tôle de l'habitacle, eut le sentiment d'entendre comme un remue-ménage, mais elle s'écarta sans en avoir le cœur net. Si le tueur tirait vers elle de l'intérieur, même au jugé, ses munitions étaient parfaitement susceptibles de transpercer la tôle d'acier de l'habitacle. Elle s'écarta d'un bon mètre, fit les cinq pas qui la séparaient de la calandre arrière.

Le hayon était entrouvert. L'était-il tout à l'heure ? Elle passa son pistolet en main droite, prête à faire feu.

Au moment où elle avançait la main gauche pour ouvrir en grand la double porte arrière du véhicule, son téléphone se mit à sonner dans sa poche. Bon Dieu, elle ne l'avait pas mis sur silencieux…

Elle fouilla fébrilement, le sortit pour l'éteindre. Par pur réflexe, elle quitta ainsi un instant le camion des yeux.

« *Gaffe, ma grande*, avait écrit Willa, *c'est une goule.* » Dans la seconde où son cerveau analysait ce qu'elle était en train de lire, il enregistra une nouvelle information visuelle et auditive – Fleur Arthal et sa mère venaient de sortir de chez elles. Elles discutaient sur le seuil.

L'instant d'après, Diane prit la porte du camion en pleine gueule.

*

Fleur sortait de la maison avec sa mère lorsqu'elle vit la scène : une jeune femme, là, sur la route, juste au pied de chez elles, regardait son portable, puis levait des yeux paniqués vers elles. Ensuite, elle prenait dans la figure la porte arrière de la camionnette devant laquelle elle attendait. Et elle tombait en arrière à la renverse, littéralement les quatre fers en l'air.

Fleur faillit exploser de rire – c'était une scène digne du cinéma muet.

L'instant d'après, une étrange créature bondissait sur le trottoir par la portière ouverte, se tournait vers elles. Le crâne presque chauve. Le corps nu décharné. La peau grise et fanée, l'incroyable rapidité...

Fleur savait parfaitement en théorie ce qu'était une goule, mais la surprise, la stupeur, l'empêchèrent de nommer ce qui bondit par-dessus la barrière blanche du jardin et se précipita sur elles.

Elle vit les dents, ouvertes sur une gueule noire, béante. Les yeux noirs, surtout.

Elle ressentit un froid immense, brutal.

Longtemps, longtemps après, elle parviendrait enfin à mettre des mots sur cette expérience. Elle avait éprouvé quelques secondes cette idée de n'être que biologie, un corps intègre, composé d'organes vivants, de muscles intacts, d'un réseau de sang, protégé par un épiderme dérisoire, et qui allait être mis en pièces, dispersé – le sentiment brutal, poignant d'être vivant qu'expérimentent avec une intensité inconnue ceux qui s'apprêtent à mourir.

*

Anne-Cé n'eut qu'un réflexe, auquel elle repenserait ensuite, et qu'elle analyserait avec une surprise teintée d'orgueil : elle se plaça entre sa fille et le monstre. Elle qui s'était toujours demandé ce qu'était l'instinct maternel, qui s'en pensait dépourvue et qui ne voulait sacrifier ni ses désirs ni ses plaisirs à ses filles, s'oublia complètement à ce moment ultime : elle fit bouclier de son corps entre la goule et Fleur. Elle écarta les bras puis, au moment où la goule allait effectuer son dernier bond, elle anticipa le moment où les griffes et les dents allaient la déchirer, se protégea le visage, ferma les yeux.

Elle entendit alors les coups de feu.

Elle rouvrit les yeux.

*

« C'est une goule. Et un tueur. »

« Permis de tuer. »

« Tire. »

Diane, un genou par terre, encore étourdie du coup de portière en pleine face, vida la moitié de son chargeur dans la direction du monstre – et des deux femmes. Elle vit la goule faire un écart, rompre sa trajectoire vers ses proies.

*

Les balles les frôlèrent.

La jeune femme en jean et T-shirt se relevait. Anne-Cé la vit avancer vers elles, l'arme tenue à bout de bras, à deux mains. Anne-Cé remarqua à son bras gauche le brassard orange de la police en opération.

La flic tira de nouveau sur la goule. La rata de nouveau.

Elles étaient sorties de sa ligne de mire, mais elle avait vraiment senti le souffle des premières balles…

Anne-Cé en éprouva, *a posteriori*, un vrai coup à l'estomac.

La goule avait effectué deux zigzags pour éviter les munitions, elle se figea un instant sur la pelouse, à une quinzaine de mètres d'elles ; sembla hésiter ; puis elle repartit vers la rue dans cette étrange course de quadrumane, plus vive et rapide encore que celle d'un singe. La jeune femme, à moins de dix mètres, tira encore deux munitions, manqua une troisième fois sa cible. Anne-Cé vit la goule se glisser entre deux voitures, traverser la route, disparaître. La flic, avant de se précipiter derrière elle, se retourna :

– Rentrez chez vous ! Enfermez-vous ! Appelez Markowicz !

43.

La vitesse de l'attaque et la rapidité de la créature avaient stupéfié Diane. Où avait-elle filé ? Sous une voiture ? Déjà loin dans une rue adjacente ?

Diane regarda autour d'elle, hors d'haleine.

Rien. Personne. Pas une créature, humaine ou monstrueuse. Elle se pencha, jeta un œil sous les voitures qui l'entouraient.

Rien.

Elle se retourna, sentit que la sueur lui coulait dans le dos et sur le poignet. Sa main serrait l'arme trop fort. Son cœur battait, et aussi le sang à ses tempes – elle retrouvait l'usage de son ouïe, après les huit détonations assourdissantes. C'était un ennemi auquel elle n'était pas préparée. Pas du tout. Il n'y avait pratiquement aucune chance de retrouver la cible – « son odorat est infiniment plus fin que le nôtre, ses réflexes inhumains », avait dit Willa.

Mais Diane avait sauvé l'essentiel. Elle avait mis la créature en fuite, sans toucher personne. Même si elle n'avait pas tiré les sommations. Et maintenant ?

Tout ce qu'elle pouvait espérer, ici, c'est que la goule se jette sur elle.

Elle fit demi-tour, revint en courant vers le pavillon, fouillant dans ses poches en même temps pour trouver son mobile. Appeler Willa, ou le commandant, demander ce qu'elle devait faire. Elle ne trouva pas le téléphone, se souvint qu'elle l'avait à la main lorsqu'elle avait pris la porte arrière de la camionnette dans la gueule.

Merde, il avait dû tomber par terre.

*

– Commandant Bosco ? Où est mon mari ?

Le pygmée aurait reconnu la voix un peu hautaine, à l'autre bout de la ligne, même si le nom ne s'était pas affiché sur le mobile du Patron.

– Anne-Cécile. Quel plaisir. Qu'est-ce qui vous amène ?

Willa lui avait déjà dit qu'elle rejoignait Diane…

Mais quand le commandant comprit l'ampleur de ce qui se passait rue Servat, son sourire de façade le quitta.

*

Adélaïde était montée sur une chaise qui lui permettait de mieux voir tout ce qui se passait par la fenêtre. Elle entendait sa mère s'énerver au téléphone avec celui qu'elle appelait Bosco, et qui était le numéro deux de la Brigade, l'adjoint de son père – elle se souvenait vaguement d'un petit homme noir, perpétuellement en blouse blanche, qu'elle avait aperçu plusieurs fois lors des rares week-ends chez son père, à Paris.

Sa mère disait :

– Et donc, vous le saviez ? Et vous ne m'avez pas prévenue ?

et

– Vous vous rendez compte des risques que vous nous avez fait courir !

et

– Votre flic aurait pu tout aussi bien atteindre l'une d'entre nous, ou un passant, en tirant en pleine rue. Je ne vois pas comment vous pouvez dire que la situation était sous contrôle.

et

– Je vous dis que ses premiers tirs nous ont frôlées. Frôlées, commandant !!!

Fleur était assise sur le canapé du salon. Livide, elle grelottait. Adé ne l'avait pas entendue prononcer un mot depuis qu'elles étaient rentrées dans la maison.

Les yeux collés à la vitre, la fillette vit les voisins sortir un à un de leurs pavillons. Comme elle, ils avaient sans doute entendu le cri de sa mère, puis les coups de feu – et ils avaient dû voir une jeune femme en jean et T-shirt disparaître, une arme à la main, dans la rue de Vannes.

Apparemment, la jeune femme était une flic. Elle était ici en service commandé, sur ordre de leur père, pour protéger Fleur. Et cette attaque de goule n'était pas un hasard. C'est ce qu'Adé comprenait des questions et des emportements de leur mère au téléphone. Elle s'en voulait de ne pas avoir assisté à la scène. Quel gâchis ! Quelle chance que la chose survienne de nouveau ?

Sa mère continuait de s'énerver en tournant dans le salon, son mobile à l'oreille. Deux des voisins qui étaient sortis sur leur seuil, il y a une minute, rentrèrent précipitamment chez eux. Adé vit la jeune femme flic revenir dans leur rue. Elle n'avait plus d'arme à la main, mais s'arrêta devant la camionnette bleue de démolition qui stationnait devant chez eux, se pencha, puis se mit carrément à quatre pattes, cherchant dans le caniveau ou sous le véhicule quelque chose qu'elle avait dû perdre tout à l'heure.

Que faisait-elle ?

– Pas question dans ce cas d'attendre le bon vouloir de Markowicz, dit sa mère. Vous direz à mon mari… au commissaire, que je…

– Maman ! appela Adé.

Anne-Cé leva la tête, lui fit signe de se taire. Adé, imperturbable, ajouta :

– Maman, la flic de papa est revenue.

Cette fois, sa mère s'interrompit. La main qui tenait le téléphone s'abaissa lentement, comme si elle craignait de faire du bruit, puis Anne-Cé fit trois pas vers la fenêtre.

– On dirait qu'elle cherche quelque chose par terre, au pied de la camionnette, ajouta la gamine. Tu crois qu'elle a laissé tomber son pistolet ?

*

Diane ne trouvait pas son téléphone. Putain, où était-il tombé ? Il fallait absolument qu'elle appelle Jimi ou Bosco pour savoir ce qu'elle devait faire. À chaque seconde qui passait, l'ampleur du gâchis qu'elle venait de provoquer lui apparaissait avec davantage de clarté. Elle avait laissé filer la goule, et tiré en pleine rue. Avec son brassard de police. Si quelqu'un l'apprenait, si l'un des voisins prévenait la police, on ferait le rapprochement avec la Brigade Markowicz, spécialiste des goules. On comprendrait aussitôt qu'une flic du commissaire ne pouvait pas se trouver là par hasard, pile au moment où une goule attaquait la fille du commissaire.

Et cela signifierait qu'on apprendrait que la Brigade menait une enquête non autorisée.

Ce serait une catastrophe.

Sans parler du pire. Si ça se trouve, elle avait blessé la fille ou la mère. Elle ne se souvenait pas. Elle avait les yeux aveuglés par la poudre. Elle avait complètement cessé de réfléchir dès qu'elle avait tiré.

Que devait-elle faire ? Se barrer ? Aller parler à la femme du commissaire, la supplier de ne rien dire ? Appeler elle-même la police nationale, se livrer pour tout leur expliquer ?

Elle avait planqué son flingue dans sa ceinture, sous son T-shirt, et retiré son brassard orange.

Elle ne voyait pas ce putain de téléphone.

Elle entendit la sirène. D'abord lointaine, mais qui se rapprochait. La catastrophe prévue allait se produire. Il fallait qu'elle disparaisse, très vite. Mais si elle filait maintenant, non seulement il y avait neuf chances sur dix qu'elle ait grillé la Brigade, mais en plus elle l'aurait fait en pure perte. Elle perdait toute trace de la goule – enfin, du tueur qui se transformait en goule pour agresser la fille du commissaire. Sauf si…

Les clés sur le contact…

Une idée s'imposa : prendre la camionnette bleue. Le seul indice.

Elle contourna le véhicule du tueur, ouvrit

la portière côté conducteur, s'installa derrière le volant. Les flics seraient là dans une minute. Par la fenêtre, elle jeta un œil vers la maison des Arthal, vit que l'ex de Markowicz sortait de la villa et descendait vers elle en courant.

Elle ressentit de nouveau de la panique à l'idée de devoir s'expliquer.

Elle embraya, appuya sur l'accélérateur.

44.

Quand la patrouille du capitaine Dequenaque entendit la voiture freiner dans la rue Servat, au pied de la pelouse, deux des hommes en uniforme portèrent, par réflexe, la main à leur arme de hanche. Un type en blouse blanche jaillit de la berline allemande. Il était noir comme la nuit, chauve comme un œuf et d'une taille improbable.

– Police ! hurla-t-il en criant, d'une voix trop aiguë.

Dequenaque ordonna à ses hommes de ranger leurs armes. Le quasi-nain monta en trottinant la pelouse, lui donna sa carte de service et dit :

– Un problème, officier ?

– Oui, mon commandant, dit le capitaine en claquant des talons, au garde-à-vous. Un individu armé a tiré sur la voie publique.

– Ici ?

– Oui.

Combien de fois ?

– Plusieurs. C'est une femme.

– C'est une collègue, corrigea le nain en blouse. Un peu sous pression. On vient de la récupérer, ne vous en faites pas.

Un clin d'œil. Le capitaine hésita un instant sur la conduite à tenir, puis rétorqua.

– Je… je vais tout de même être obligé de signaler l'incident, commandant. Respectueusement. Et d'auditionner l'officier mis en cause. On a d'ailleurs retrouvé son téléphone dans le caniveau et…

Le quasi-nain l'emmena à quelques mètres, à part.

– Écoutez, capitaine, je vais vous expliquer la situation… Vous avez entendu parler des attaques de goules, bien entendu ?

Dequenaque hocha la tête.

– Bon. Il est possible qu'il y en ait une dans le quartier.

Le capitaine sentit instantanément la sueur couler dans son dos.

– Ici ? À Rennes ?

– Oui. Inutile de l'ébruiter, vous imaginez les conséquences en termes d'ordre public. Donc, tant que nous n'avons pas de certitude, nous préférons ne rien divulguer. Que vous ont dit les voisins ?

– Cette dame, là, a expliqué qu'il y avait une jeune femme portant un brassard de la police sur sa pelouse. Elle a tiré pour ainsi dire sur elle, sur sa fille, et sur un agresseur de nature non identifiée. Trois résidents de l'immeuble d'en face ont vu la femme, également, qui est partie dans une camionnette de plombier. Mais rien d'autre.

– Personne, à part cette dame, n'a parlé d'une créature étrange, grise, effrayante ?

– Non, dit Dequenaque.

– Parfait… Tant mieux. Alors je vous laisse faire le tour des voisins pour recueillir les dépositions spontanées. Si on vous parle d'une silhouette étrange, je vous conseille de ne pas épiloguer. Évoquez un grand chien, type dogue allemand... Pour le reste, nous prenons l'affaire en main, avec le témoin principal. Je vous donne mon numéro personnel, au cas où quelque témoignage que ce soit vous indiquerait la présence de faits étranges dans les heures qui viennent. Attaques de personne, d'animaux... Vous êtes responsable du poste de police judiciaire du quartier ?

Dequenaque se rengorgea légèrement, un instant, avant d'avouer :

– Non. C'est le commissaire Cilabe.

– Mais vous êtes de maraude, ce soir ? Si vous entendez parler de quoi que ce soit dans les six heures qui viennent, vous m'appelez, n'est-ce pas ?

Le capitaine de police hocha la tête.

– Je vous remets le téléphone de votre officier ?

– Oui. Faisons comme ça.

– Et... et pour mon rapport, je fais quoi ?

– Je vous laisse voir avec le commissaire Cilabe... Il peut me contacter au besoin. En attendant, si vous ne tenez pas à ce que la une des journaux, demain, annonce des goules en plein centre-ville, contentez-vous d'évoquer des tirs de pétard.

*

Anne-Cé vit le capitaine en uniforme donner au minuscule commandant Bosco le téléphone qu'elle avait trouvé dans le caniveau, et qu'il avait entre-temps ensaché dans du plastique transparent. Puis les deux flics se séparèrent, sur le trottoir, et l'adjoint de son mari vint vers elle. Parvenu à un mètre d'elle, il tendit la main :

– Bonjour, Anne-Cécile.

Elle hésita quelques secondes, puis le salua. Le minuscule commandant se mit à se balancer d'un pied sur l'autre, attendant qu'elle dise quelque chose. Plus de sept ans qu'ils ne s'étaient pas vus, et toujours la même gêne.

– Markowicz n'est pas là ? demanda-t-elle.

– Dans la voiture. Il attend que les « bleus » mettent les voiles.

Elle s'en doutait. Elle l'avait deviné en voyant que le chauffeur ne sortait pas du véhicule.

Au pied de leur pelouse, l'officier en uniforme qui l'avait interrogée voici quelques instants regroupait ses hommes. Ils se dirigèrent vers les immeubles d'en face.

– Que leur avez-vous dit ?

– La vérité. Qu'on suspectait une attaque de goule.

– Ah… Mais à moi, qu'allez-vous dire ?

Il se balançait toujours, incertain. Elle ajouta :

– Markowicz me doit des explications en direct, cette fois, commandant… Vous ne croyez pas ? Ou comptez-vous encore faire l'intermédiaire ?

– Non, Anne-Cécile. Il entend vous les fournir lui-même. Évidemment.

Elle avait toujours détesté le ton déférent qu'il prenait en s'adressant à elle, mais ce n'était pas de l'obséquiosité, cela se voyait, simplement une timidité maladive avec les femmes, aggravée d'une surtimidité morbide avec les femmes grandes et blondes.

Anne-Cé laissa passer une minute.

Jean Bosco Nyirabuhinja poireautait toujours face à elle, ne disant plus rien, son sourire gêné aux lèvres.

Elle vit arriver une jeune femme à vélo, qui se rangea au pied de la pelouse, se dirigea vers la voiture de son ex, parla avec lui par la fenêtre. Quelques secondes plus tard, une moto convergeait également sur les lieux. Le pilote, un type café au lait, coiffé en afro et qui conduisait sans casque, mit pied à terre, sortit une carte de sa veste en cuir et la montra au flic en uniforme qui s'approchait. Puis il rejoignit la jeune femme à la fenêtre du conducteur.

Tous les flics de Markowicz étaient là ? Qu'est-ce qui se passait ? Tout était en train de se décider là, à deux pas. C'était ridicule. Ils étaient séparés par vingt ou trente mètres de pelouse, lui dans son habitacle, elle sur sa terrasse, devant le seuil de cette maison qu'ils avaient achetée ensemble, voici dix ans. Et aucun des deux n'allait faire un pas vers l'autre ? Comme si c'eût été déchoir ? Y avait-il au fond meilleur résumé de la façon dont s'était passée leur séparation, huit ans plus tôt ?

La lucidité d'Anne-Cé sur tout cela ne la décidait pas à agir la première.

– Dites-lui que je l'attends dans le salon, trancha-t-elle finalement.

– Je n'y manquerai pas, répondit le minuscule adjoint de Markowicz, onctueusement.

Anne-Cé rentra chez elle en claquant la porte.

45.

Diane avait garé la camionnette de plombier sur un emplacement réservé aux livraisons, à environ deux kilomètres de la rue Servat. Les flics ne l'avaient pas suivie.

Était-elle en train de perdre la tête ? de tout gâcher ?

Elle avait merdé sur les grandes largeurs. Enfin, peut-être. Sûrement. Tiré sur la voie publique, en pleine journée. Sans sommations. À quelques centimètres seulement de deux des personnes qu'elle était censée protéger, au risque de les blesser, et en essayant de tuer un suspect désarmé (qu'elle avait manqué, Dieu merci)... C'était parfaitement non réglementaire. Le psy de l'Inspection générale dirait qu'elle avait perdu le contrôle. Était-ce parce qu'elle n'avait pas dormi depuis trente-six heures ? À cause de la douleur causée par cette porte, en pleine figure ? Ou parce qu'une goule, même désarmée, semble armée ?

Que disait le règlement à ce propos ?

Elle se frotta le nez. Il saignait mais n'était plus vraiment douloureux. Il ne paraissait pas cassé.

Il y avait certainement des flics maintenant devant la maison de la famille du commissaire.

C'était une catastrophe pour la Brigade, mais cela signifiait, aussi, que les deux filles et la femme de Markowicz étaient désormais à l'abri.

Elle n'avait aucune raison de retourner monter la garde devant leur domicile.

De toute façon elle serait bien trop repérable là-bas. Il ne fallait pas qu'on puisse, par elle, remonter à la Brigade Markowicz.

Willa avait-elle prévenu les autres ? La Brigade ? Oui. Sûrement.

On allait décrire aux enquêteurs une flic en civil portant le brassard d'identification, et qui tirait sur la voie publique. Elle serait grillée. Sa hiérarchie la carboniserait.

Et la goule ? Le tueur ? Reviendrait-il sur les lieux de l'attaque à son tour ?

Probablement pas. Elle l'avait effrayé, à défaut de le toucher – incroyablement rapide… La goule suivrait l'instinct animal, prédateur et gibier à la fois, pendant tout le temps que durerait l'affreuse transformation. Et ensuite ? L'individu avait-il prévu de rentrer chez lui après avoir massacré la fille de Markowicz ? Ou de revenir à sa camionnette pour partir sans laisser aucune trace ? Dans ce dernier cas, il ferait chou blanc…

Avait-elle une chance de trouver une piste dans ce camion ?

Elle passa à l'arrière du véhicule. Outre un sachet de pilules colorées (la MDMA qu'il avait utilisée pour provoquer la crise), elle trouva des vêtements impeccablement pliés. Dans la poche du pantalon de velours à grosses côtes, il y avait un trousseau de clés, qu'elle prit. Aucun papier d'identité, évidemment. Le type n'était pas assez stupide pour en laisser sur place, le jour de son crime…

Pas assez stupide, mais pas non plus professionnel. Ce n'était pas un tueur éprouvé, habitué à ne laisser aucune trace. C'était un vengeur. Quelle erreur avait-il pu commettre ?

Diane réfléchit quelques instants, repassa à l'avant.

Elle programma le GPS du véhicule pour qu'il lui indique les dernières adresses demandées.

Il n'avait pas programmé le 23, rue Servat. La dernière adresse demandée était le 118 d'une rue Saint-Saëns, à Saint-Sulpice-la-Forêt. Elle fouilla dans la boîte à gants, trouva un plan des environs. La localité était voisine de Rennes.

Diane se souvint des paroles de Willa au zoo : « Les goules ont un côté plutôt casanier, elles retournent à la maison… »

Elle avait six heures devant elle, au moins, puisque la crise venait de commencer. Elle abandonna la camionnette sur l'emplacement de livraison, avec un message posé sur le siège conducteur, pour la Brigade, au cas où : « *En chasse. Pas de portable, pas de couverture, pas de preuves, pas d'identification… Diane.* »

D'avoir écrit ces mots, le capitaine Jobert se sentit calme, soudain. Parfait sang-froid – celui qu'elle avait lorsqu'elle traquait les criminels en fuite, voici encore trois mois. Elle n'était plus baby-sitter. Elle avait foiré ses filatures, puis son intervention. Mais avec beaucoup de chance, elle allait rattraper le bordel qu'elle avait foutu. Toute seule.

Flic, de nouveau, sans filet.

46.

Léon venait de distribuer ses ordres, précis, secs. Jimi devait retrouver Diane le plus vite possible, et s'assurer qu'elle n'avait pas eu de problèmes. Willa allait l'attendre à l'hôtel et appellerait si elle avait des nouvelles. Maman faisait la même chose depuis la maison de Châteaubourg. Bosco assurait le lien hiérarchique avec la police locale et répercutait sur le reste de la Brigade tout signalement concernant la goule.

– Le plus urgent, c'est Jobert, rappela Markowicz. On la retrouve saine et sauve. Ensuite, seulement, on s'inquiète du fils de pute.

La moto repartit dans un sens tandis que le vélo rebroussait chemin dans l'autre, sur le trottoir.

Bosco attendait, debout devant la voiture. Le Patron sortit de la boîte à gants un roman à la couverture très usagée, une édition de poche, et commença de le feuilleter. Bosco le laissa faire environ deux minutes, puis demanda :

– Un problème, commissaire ? Une chanson ?

– Non. Pas de problème. Ma femme est là-haut, chez elle. Auparavant, c'était chez nous. C'est tout.

Après deux nouvelles minutes de silence, Bosco murmura :

– En effet, Anne-Cécile vous attend.

47.

Diane loua pour deux jours une moto maniable et un casque, avenue de Morlaix, dans une agence qui s'apprêtait à fermer. Elle s'éloigna de cinq cents mètres, s'arrêta à côté d'un square, étudia attentivement la carte. Il fallait imaginer l'itinéraire « instinctif » entre la rue Servat, à Cesson, et la rue Saint-Saëns, à Saint-Sulpice. Une vingtaine de kilomètres séparait les deux lieux. La transformation de l'autre enfoiré durait environ sept heures. C'était pendant les deux ou trois premières que la rage était la plus forte. Et la goule revenait ensuite vers sa maison…

Le tueur redeviendrait probablement un humain – entièrement nu, vulnérable, sonné – sur le chemin du retour. Il ne serait pas en état de se cacher. Une chance sur dix, environ, de le retrouver à ce moment, si l'intuition du GPS était la bonne.

La rue Saint-Saëns à Saint-Sulpice ressemblait à une friche. Diane passa lentement devant le numéro 118, qui était une maisonnette, dans un lotissement locatif apparemment désert.

La boîte aux lettres ne portait aucun nom.

Des ordures s'accumulaient devant la plupart

des maisons, des papiers gras. Pas de lumières aux fenêtres. Très peu de voitures garées le long des trottoirs. Une impression d'abandon.

Un peu plus loin dans la rue, sur un terrain vague, un promoteur avait commencé de construire un lotissement identique à celui-ci, mais il avait dû être rattrapé par une crise de l'immobilier et mettre la clé sous la porte. Les carcasses de maisons, ébauchées, fenêtres béantes, toits ouverts à la pluie, dessinaient un paysage étrangement mélancolique – ou sordide.

Diane rebroussa chemin, sur sa moto, s'arrêta cette fois devant le numéro 118.

Elle mit pied à terre, traversa le jardinet à la pelouse jaunie par la canicule, jonché de débris de parpaings. Elle jeta un œil des deux côtés de la rue : aucune silhouette cachée derrière un rideau, aucun curieux. Elle sonna, la main sur la crosse de l'arme glissée dans son dos. Rien. Pas un bruit. Elle introduisit le trousseau, tourna la clé…

Son intuition était la bonne.

Elle entrouvrit la porte, puis, au dernier moment, renonça. Que ferait-elle, si elle entrait ? Elle l'attendrait à l'intérieur ? Mais si elle ne refermait pas à clé, l'enfoiré se douterait de quelque chose, et si elle le faisait au contraire, il était susceptible de rentrer par n'importe où – porte arrière, fenêtres dérobées – et il tomberait sur elle à l'improviste. Elle referma à clé sans entrer.

De toute façon, c'est elle qui avait le sésame. Mieux valait guetter de l'extérieur et le surprendre en terrain nu.

Elle remonta sur la moto, retourna en direction de Cesson. Elle avait repéré un café. Techniquement, elle avait cinq heures et demie devant elle. L'enfoiré ne redeviendrait pas un être humain avant cela. Techniquement, donc, elle avait le temps de retourner à l'hôtel, ou à la maison de Châteaubourg, pour tout expliquer. Elle pouvait acheter un téléphone à carte, essayer de retrouver le numéro de Bosco, ou celui de Willa, les contacter… Mais dans tous les cas, si elle donnait des nouvelles, on la remplacerait. On lui dirait qu'elle manquait de sommeil et de discipline. Peut-être également la suspendrait-on, parce qu'elle avait commis l'irréparable une nouvelle fois – tirs à balles réelles, sans sommations, sans maîtrise de soi ni des conséquences, dans un lieu public. Jamais le commissaire ne lui pardonnerait d'avoir fait feu face à sa fille et sa femme, au risque de les blesser. Jamais Jimi n'oublierait que la « moitié de femme » avait laissé filer l'enfoiré…

Il fallait continuer sans filet, aller au bout du truc. Au moins, quand elle tomberait définitivement, peut-être l'enfoiré serait-il tombé juste avant elle.

48.

Ils étaient réunis tous les quatre, les deux ex et les deux filles, dans le salon du 23, rue Servat.

Leur maison. Enfin, son ancienne maison, en un sens.

Anne-Cé lui avait proposé du café comme à un étranger de passage. À un flic.

Markowicz ne leur expliqua pas qu'il les surveillait depuis quatre jours. Il ne leur parla pas de Valentine Manant, de ses bras, des sévices dont elle avait été victime, pour ne pas les effrayer davantage. Il leur dit simplement qu'on avait retrouvé des menaces sur un corps. Contre Fleur. À cause de lui.

*

Anne-Cé n'était pas du genre à se laisser effrayer. Et elle savait désormais qu'elle risquerait tout, même sa vie, pour protéger ses filles.

– Tu étais où, Markowicz, quand la goule a surgi ? lui lança-t-elle.

Il répondit :

– Sans ma flic, vous étiez mortes. Toutes les deux.

C'était factuel et lapidaire, mais ça ne répondait pas à sa question.

*

Il courba le dos sous les reproches, ne convint ni ne contesta qu'Anne-Cé eût mérité au moins d'être informée de la situation. Il répéta qu'il avait fait ce choix pour les protéger. Si le tueur les avait senties méfiantes, s'il les avait vues s'enfermer, il aurait pu frapper plus tôt, n'importe où…

– N'empêche que ton silence n'a rien changé, au final. Il a frappé, Markowicz. Et par surprise.

*

Ils se disputèrent, longtemps, sur le plan que Markowicz leur proposa. Mais il n'y avait pas vraiment le choix. Il fallait mettre les filles à l'abri. Ici, c'était impossible, sauf à faire de la maison un bunker dont personne ne sortirait pendant des jours, des semaines peut-être. Sous la surveillance des flics.

Finalement, Anne-Cé accepta l'idée que les deux filles passent quelques jours dans la maison de location de la Brigade, sous la protection de son ex, en attendant qu'on trouve une meilleure solution.

Elle refusa quant à elle de s'y plier.

Markowicz insista, arguant que les filles ne devraient pas sortir, qu'elle-même ne pourrait pas leur rendre visite. Anne-Cé répondit avec colère qu'il valait peut-être mieux que ses filles soient privées quelques jours de leur mère plutôt qu'en danger de mort ; mais qu'il valait mieux, surtout, qu'elle-même soit séparée de ses filles plutôt que de passer trois jours sous son toit à lui.

– Tu avais toujours dit que tu serais là pour les protéger, Markowicz, dit-elle. Et tu n'étais pas là, ce soir. Moi, j'étais là…

Il ne répondit pas.

Elle accepta tout de même l'idée qu'elle devait dormir quelques nuits à l'hôtel.

Markowicz insista pour qu'elle ne se rende pas non plus à son bureau.

– Et je suppose que je ne dois surtout plus voir mon ami Philippe Joanou, le railla-t-elle, ironique.

– Il t'a parlé de ma visite ? Il compte encore te voir ?

– Moi, je compte bien le revoir. Mais à mon avis, tu t'en fous.

*

Cela dura deux heures. Puis ils se séparèrent, froidement. Anne-Cé serra ses filles contre elle, avant qu'elles montent dans la voiture que conduisait Bosco. Markowicz lui dit :

– Prends soin de toi. Sois prudente.

– Ne t'occupe pas de moi, répondit-elle.

49.

Il n'y avait pas âme qui vive rue Saint-Saëns – ni homme, ni bête, ni goule dans la lueur de ses phares depuis des heures. Cela faisait vingt fois qu'elle faisait le circuit, probable, du retour de l'enfoiré.

Elle attendit quelques instants, coup de kick, repartit. Elle s'attendait à tomber sur lui, désormais. C'était l'heure. Elle l'espérait, le craignait. Si elle ne le trouvait pas, cette nuit elle forcerait le pavillon. Aurait-elle dû prévenir la Brigade pour augmenter les chances de le choper ? Les images de la scène de tirs, sur la pelouse des Arthal, défilaient dans son crâne, sous la visière de son casque intégral. Les goules… Depuis qu'elle en avait vu au zoo, elle s'était préparée à devoir affronter ces ennemies. Elle n'aimait pas l'idée, et moins encore le fait, que ces tueuses étaient innocentes – qu'il fallait faire tout son possible pour les épargner afin de les identifier. Rien de pire que de se voir retirer son permis de tuer alors qu'on affronte un tueur…

Dans leur cas précis, cependant, la goule n'était pas innocente. Elle était venue intentionnellement dans son camion, devant la maison de la famille Arthal, sachant que la crise arrivait, la provoquant sans doute. Pour tuer.

Les rapports de Bosco évoquaient la MDMA.

La créature serait-elle encore shootée quand elle reviendrait à son humanité ?

Diane tournait dans la nuit, encore et encore.

Soudain, elle l'aperçut. À l'extrême limite du cône de lumière de son phare, l'homme nu essayait de se dissimuler sous une porte cochère, sans doute parce qu'il avait entendu son moteur et vu sa moto s'engager dans la rue déserte.

Le cœur de Diane accéléra.

Elle ne ralentit pas pour qu'il ignore qu'elle l'avait vu. Elle tourna dans la rue suivante, parcourut encore une centaine de mètres, rangea la moto sur le trottoir, coupa les phares. Elle ne prit même pas le temps de fermer l'antivol ou d'attacher son casque. Elle revint en arrière, en courant, son arme à la main. Elle connaissait la direction qu'il allait prendre.

50.

Anne-Cé entra dans la chambre d'hôtel qu'elle avait réservée pour trois nuits. Elle se laissa tomber, assise, sur le lit, retira ses chaussures.

Seule.

Tout à l'heure, elle avait éprouvé une émotion presque inchangée quand elle avait vu la silhouette de Markowicz se découper dans son entrée. Cet homme qu'elle avait aimé, il l'impressionnait encore ; sa puissance l'émouvait et la troublait, même ce soir, même bancale, comme tout ce qu'ils étaient devenus. Mais une fois de plus, une fois de trop, il gâchait leur vie. Cette fois, il lui arrachait ses filles. Il la laissait seule, éperdue.

Face au miroir de la coiffeuse, incliné et qui ne lui montrait que ses jambes et ses pieds, Anne-Cé pleura, assise sur le lit.

*

Adélaïde allait d'une pièce à l'autre dans la maison de Châteaubourg. Elle demanda finalement s'il n'y avait pas une table d'autopsie, et où on mettrait d'éventuels cadavres.

Fleur ne disait toujours rien. Assise dans la

cuisine, elle songeait à la discussion, violente, méchante, entre ses parents. Elle ne les avait plus entendus se parler ainsi depuis longtemps. Il est vrai qu'elle ne les entendait plus jamais se parler.

51.

L'enfoiré marchait avec lenteur. Il titubait parfois, en proie peut-être à une immense fatigue, ou était-ce la redescente de MDMA ? Diane lui avait laissé de l'avance. Apparemment, il ne se doutait de rien. Vu d'ici, il ne semblait plus tout jeune ni très sportif. Le sommet de son crâne paraissait légèrement dégarni. Sa silhouette nue était aisément repérable sous l'éclairage urbain.

Les rues étaient globalement vides.

Deux fois, des voitures passèrent, et Diane vit l'enfoiré s'accroupir derrière les véhicules stationnés. Elle se cachait, elle aussi, allant d'une voiture à l'autre, d'un porche à un perron. Il l'emmenait. C'était une piste facile.

L'homme nu savait-il que l'attaque avait raté ? Se souvenait-il de son échec ?

« Elles ne peuvent même pas soupçonner la rage qu'elles ont connue », avait dit Willa.

Il tourna dans la rue Saint-Saëns, déserte, longea les premiers pavillons vides.

Diane était à vingt mètres derrière lui, elle s'engagea à son tour en terrain découvert. Plus de voitures derrière lesquelles se planquer. Elle avait son Glock à la main. L'enfoiré ne se retourna pas.

Il entra dans le jardin, s'arrêta devant la porte de la maison, eut le geste réflexe de chercher une poche alors qu'il était nu.

Diane le voyait parfaitement, il y avait un lampadaire en face du numéro 118.

Il n'avait pas anticipé le problème des clés.

Elle parcourut en quelques foulées la distance qui la séparait de lui, brandit le trousseau.

– C'est ça que tu cherches ?

Il se retourna enfin. C'était un homme de taille très moyenne, assez replet, une grosse cinquantaine, des traits tirés. Embonpoint et calvitie naissante. L'éclairage en contre-plongée du lampadaire accentuait certains de ses traits, en ombrait d'autres, lui dessinant un masque presque grotesque. Sur son ventre et son torse, quelques poils se battaient en duel sur une peau très rose.

Il ne paraissait pas surpris.

– Lève les mains.

Il obtempéra. Diane remarqua qu'il s'était dandiné, et que cela faisait se balancer grotesquement son appareil génital.

Elle jeta le trousseau à ses pieds. Il se pencha.

– Lève les bras, je te dis…

Il prit une pierre au sol, et la lança vers elle. Au lieu de tirer sur lui, elle fit un mouvement pour esquiver. Le temps qu'elle se reprenne, il avait saisi une deuxième pierre, plus grosse, la lançait comme s'il se moquait de son arme.

– Arrête ! cria-t-elle.

Elle tira en l'air. La troisième pierre, un gros morceau de parpaing, manqua de peu sa gorge – elle eut un geste réflexe, la détourna de l'épaule, douleur vive, blanche, inattendue.

Cela tourna un instant autour d'elle. Elle se pencha en avant, cligna des yeux.

Quand elle les releva, il avait pris la tangente.

Merde, où était-il ?

Trente mètres d'avance, vers le terrain vague, mais il était pieds nus…

– Arrête-toi !

Elle s'élança derrière lui. Elle aurait pu tirer dans son dos, dans ses fesses tombantes.

« Ne tire pas, il n'a pas d'arme. »

– Arrête ou je te tue !

« Ne tire pas. Plus jamais. »

Il se jeta brutalement dans le terrain vague, privé d'éclairage. Elle le suivit quelques instants dans les ténèbres, le perdit. C'était le chantier qu'elle avait remarqué tout à l'heure, les maisons inachevées, ces carcasses de béton à moitié démolies.

Où était-il ? Dissimulé dans un recoin, plaqué au sol ?

Une pierre à la main, à la guetter ? Ou déjà loin ?

Sa clavicule, son épaule lui faisaient mal. Ses doigts étaient crispés sur la crosse, comme si on leur avait injecté une solution de calcium. La sueur avait trempé son T-shirt. Elle se sentait à bout de souffle, et au bout du rouleau – vidée, brutalement.

Merde. Merde, merde, merde…

Elle revint au pavillon numéro 118. Un bref instant, elle regretta de ne pas avoir attendu l'enfoiré à l'intérieur.

Pourquoi n'avait-elle pas fait cela ?

Elle était une chasseuse, une traqueuse. Mais si maintenant elle ne tirait plus, si elle se laissait lapider sans réagir, qu'est-ce qu'elle était ?

Toutes les habitations étaient plongées dans le noir.

Elle ramassa le trousseau par terre, sur la pelouse encore jaunie par l'éclairage nocturne, et introduisit la clé.

À l'intérieur, après avoir refermé derrière elle, elle hésita un instant, dans l'obscurité, puis alluma. Tant pis si on la repérait. De toute façon, l'enfoiré savait désormais qu'elle était là.

Dans le hall d'entrée, un règlement intérieur et des tarifs de location la confirmèrent dans l'idée que les maisons étaient louées à la semaine, essentiellement pendant la saison d'été. Le lotissement s'appelait « Résidence des embruns », même si la mer était loin.

D'instinct, elle prit l'escalier vers l'étage. Elle éprouvait une nausée lancinante. À cause de la pierre, de sa course ? Dans la première chambre, il y avait un bagage, sur le lit. Une valise prête. Posé sur la valise, elle trouva un portefeuille, dans lequel figuraient des papiers d'identité et une carte de crédit, au nom de Mailloc. Gilbert Mailloc.

Une enveloppe, cachetée, portait la mention « *Commissaire Markowicz. E.V.* ».

Sur la photo du permis de conduire et celle du passeport, elle reconnut sans doute possible l'homme qui s'était enfui. Elle ne trouva rien dans les autres chambres, inoccupées depuis longtemps, hésita un instant à ouvrir l'enveloppe, s'en abstint.

Elle descendit au rez-de-chaussée.

Il y avait un corps dans la cuisine, celui d'un homme assez mûr et portant une salopette, un bleu de travail. Probablement le plombier de l'entreprise Létourneux – le propriétaire de la camionnette. Il avait été tué d'un grand nombre de coups de couteau, et baignait dans une flaque de sang déjà séché.

Diane s'efforçait de ne pas ressentir d'émotion. Ses mains tremblaient un peu. La sueur glacée commençait de raidir ses vêtements.

Les placards de la cuisine étaient à peu près tous vides, indiquant que Mailloc ne vivait pas réellement là – qu'il avait occupé les lieux provisoirement et se nourrissait sans doute à l'extérieur.

Après s'être assurée qu'aucune munition n'était engagée dans le canon, elle avait glissé son arme dans sa ceinture. Un nouveau tour de la maison ne lui donna aucune indication supplémentaire. Elle se demanda de nouveau si elle devait ouvrir l'enveloppe destinée à Markowicz. Elle l'avait pliée dans la poche de son jean, avec le portefeuille du tueur.

Mailloc. Gilbert Mailloc.

Avait-il fait un grand ménage avant de prendre sa camionnette, aujourd'hui ? Pourquoi avait-il laissé ses papiers ici, avec cette enveloppe ? Parce qu'il pensait qu'il aurait le temps de revenir prendre son passeport et de fuir après l'attaque ? Parce qu'il n'avait pas envisagé d'y survivre ?

Il ne restait plus que le sous-sol à explorer. Diane ouvrit la porte qui donnait sur un escalier de béton.

Quand elle pénétra dans le sous-sol de terre battue, la puanteur la saisit. Elle donna de la lumière, vit les sacs d'un magasin de bricolage, les outils posés sur l'établi, la table installée au milieu de la pièce, les traînées de sang, partout. Et sur le mur, l'inscription.

Une nouvelle suée la trempa. Elle se mit à trembler de tous ses membres, de façon incontrôlable. Par réflexe, sa main droite chercha son arme.

Mailloc s'attendait à ce qu'on retrouve sa planque. Non seulement il savait ce que cela se produirait, mais il l'espérait.

TROISIÈME PARTIE

Douzième jour

52.

Bosco entra dans la bibliothèque vers 6 heures du matin.

Le commissaire, attablé à son bureau, lisait un roman sous une lampe de banquier à abat-jour vert. L'ouvrage semblait trop petit dans ses mains, comme un carnet de poche. Il avait chaussé, fait inhabituel, une paire de lunettes fines, cerclées de métal.

Le minuscule commandant lui trouva l'air plus âgé, ainsi. Il ne buvait pas. Il n'avait pas sorti la bouteille de whisky du tiroir de droite.

– Oui, Bosco ? dit-il en relevant la tête.

– Nous n'avons toujours aucune nouvelle. Elle n'est pas revenue à l'hôtel. L'immatriculation de la camionnette ne nous mène nulle part, apparemment – c'est celle d'un plombier, Robert Létourneux, qui est parti pour une intervention voici trois jours et n'est jamais revenu. Sa femme est folle d'inquiétude.

– Ce Létourneux… Cela peut être notre fils de pute ?

– J'en doute. Il n'a aucun lien avec vous, votre famille, ou les goules en général. Et il était en vacances en Tunisie avec sa femme, il y a treize jours, au moment de la disparition de Valentine.

Mais nous pourrions éventuellement demander un traçage de son téléphone portable…

Le commissaire grimaça.

– Rien d'autre ?

– Rien.

Bosco se racla la gorge, et dit :

– Léon, il va peut-être falloir que nous avertissions la police pour retrouver Jobert. Nous n'avons pas assez de moyens.

– Rien ne presse. Donnons-nous une journée…

Markowicz jeta un coup d'œil à sa montre.

– À cette heure-ci, le fils de pute est revenu à lui depuis six heures. Il a pu parfaitement prendre un avion et disparaître à jamais. Et s'il a égorgé Jobert, nous ne sommes pas à quelques heures près pour l'apprendre.

Bosco vit la main du Patron trembler légèrement sur les pages écornées de son roman. C'est à cela qu'il songeait, à rien d'autre – son flic, sa jeune capitaine, disparue, peut-être morte. C'est pour cela qu'il avait vieilli en une nuit.

– Mes filles sont à l'abri, ajouta-t-il, de sa voix lointaine. Si ce soir nous n'avons aucune nouvelle de Diane, nous alerterons les services.

*

Anne-Cé se leva, seule dans sa chambre d'hôtel anonyme. Elle accomplit la gymnastique quotidienne qui lui permettait de rester désirée, encore.

Elle éprouvait un léger malaise.

Elle n'aimait pas dormir hors de chez elle. Markowicz, autrefois, ironisait sur ce caractère casanier, lui inventait des traumatismes dans l'enfance qui expliquaient cette phobie. Markowicz s'était toujours moqué de « sa psycho », de son travail, de son jargon. Ils s'étaient pourtant rencontrés à la fac, où il terminait ses études de commissaire par un cycle de psychopathologie criminelle. Elle n'avait jamais ri de son métier de flic, quant à elle… Pourquoi pensait-elle à tout cela, aujourd'hui ? à leurs débuts ? Parce que c'était fini, définitivement ?

Ses filles n'étaient pas là, et cela la laissait interdite. Ses filles étaient sous la protection de leur père. Avait-elle eu raison d'y consentir ?

Depuis toujours, Markowicz était obsédé par l'idée que le Mal pouvait survenir, les atteindre.

Il les avait protégées, elle puis les filles, à sa manière. Obsessionnellement.

C'était probablement la façon la plus concrète qu'il avait d'aimer les siens : imaginer le pire et les mettre sous cloche. Mais tout cela avait fini par voler en éclats, précisément à cause de lui, de son métier, des psychopathes qu'il côtoyait.

Et maintenant, elle y voyait clair.

Elle lui en voulait, passionnément, de la priver ainsi de tout ce à quoi elle tenait. Ses filles. Son travail. Il débarquait dans sa vie huit ans après et lui retirait tout, au prétexte de la protéger, de nouveau. Mais c'était une façon de mettre la main sur elles. De garder la main, même de loin. Et cette obsession les avait perdus – c'est à cause de cela qu'il les avait installées à Rennes, pour les mettre à l'abri de ses fréquentations parisiennes, et cela avait été le début de la fin. Et maintenant, c'était la fin de la fin ?

Elle songeait à sa surprise, ce réflexe de sacrifice qu'elle avait eu pour protéger Fleur.

Elle songeait au sentiment d'abandon qu'elle éprouvait, auquel elle ne voulait plus consentir.

Elle ne se laisserait pas faire. Dès demain matin elle irait au boulot. Et s'il ne s'était rien passé, elle récupérerait les filles demain soir, retournerait chez elle, préviendrait la police…

La police normale…

Elle écrivit un SMS pour Fleur, et un autre pour Adélaïde, pour leur souhaiter un bon dimanche. Elle hésita une seconde, haussa les épaules, sourit étrangement, tristement. Puis elle composa le numéro de Philippe.

53.

Vers midi, Fleur frappa, puis entra dans la bibliothèque. Son père était assis, en train de fumer. Il fit précipitamment disparaître la bouteille de whisky posée sur son bureau, elle faillit sourire.

– Markowicz, je dois te parler.

Elle l'appelait par son patronyme, comme sa mère, comme sa sœur, depuis l'enfance. C'était une chose étrange, mais convenue, entre eux quatre. Jusqu'à aujourd'hui, elle ne s'était jamais posé de question à ce propos – on lui en avait posé beaucoup, en revanche... C'était quoi, les relations normales entre un père et une fille ? C'était bien ?

– Hier, en quittant la maison, tu nous as pris nos téléphones afin qu'on ne puisse pas nous géolocaliser. Au cas où.

Il ne répondit rien. Il la regardait à travers la fumée de sa cigarette.

Elle prit son élan et dit :

– J'aime un garçon.

Elle avait préparé cet aveu toute la matinée. Il ne prononça toujours pas un mot, mais cligna plusieurs fois des yeux.

– Il s'appelle Antonin. C'est mon grand amour. Mon âme sœur.

C'était grandiloquent, mais il le fallait ; pour qu'il comprenne ; pour qu'il la prenne au sérieux.

– Je voudrais qu'il sache où je suis… Pour qu'il ne s'inquiète pas.

– Antonin ? Vous couchez ensemble ? marmonna Markowicz entre ses dents.

– Pardon ? Ah, ça ? Ça ne te regarde pas.

La lèvre de Markowicz se souleva, au coin supérieur gauche, en une sorte de tic. Cela fit trembler la cigarette précaire qu'il s'était confectionnée, d'où tomba un peu de tabac enflammé – il frappa de la paume de la main sur le bureau pour éteindre la flammèche.

– Impossible, trancha-t-il, après cette diversion.

– Markowicz, il faut que…

– Impossible, répéta-t-il. Nous recherchons quelqu'un qui te connaît, qui connaissait une autre lycéenne, et dont le prénom commence par un A…

Il eut un sourire étrangement ironique.

– Tu… tu le soupçonnes de… ? bredouilla Fleur.

– Cela ne te regarde pas. Mais tu ne peux pas l'appeler.

Elle sentit, brutalement, les larmes lui monter aux yeux.

Elle ne voulait pas le supplier, et moins encore pleurer devant lui.

Elle dit, juste avant de sortir :

– Maman a raison. Des fois, tu es vraiment très con.

*

En arrivant devant le restaurant, Anne-Cé vit Philippe, à l'intérieur. Il l'attendait à une table, légèrement courbé en avant comme font les hommes de grande taille ; élégant, patient. « J'aime les grands depuis que je suis petite », songea-t-elle, amusée. Elle éprouva une bouffée de reconnaissance, prit le temps de s'attarder pour le regarder sans qu'il la voie.

Lorsqu'elle lui avait raconté ce qui s'était produit la veille, il l'avait immédiatement invitée à déjeuner.

Avait-il mesuré son sentiment d'abandon ?

Il ne lui avait pas posé de question sur le sens de son appel, ne l'avait pas replacée devant l'ultimatum – « rappelle-moi quand ce ne sera plus le cas ».

Elle, elle y songeait.

Peut-être ne l'avait-elle appelé, ce matin, que pour se venger de son ex, ou constater enfin les ruines de leurs amours. Mais maintenant, après une nuit et une matinée entièrement seule, à devenir dingue dans cette chambre d'hôtel, elle avait désespérément besoin de se confier. Elle savait que Philippe l'écouterait. Il trouverait les mots pour la rassurer, quitte à nier le réel. Ce midi, elle avait besoin qu'on lui mente, et qu'on la convainque, ainsi, qu'un sourire revenu sur ses lèvres était plus important que toute la noirceur du monde.

Elle entra dans le restaurant. Il la reconnut, se leva.

54.

Il était 18 heures, et Bosco préparait déjà le dîner – une sauce à la tomate, aux anchois, câpres et piments doux, pour les pâtes fraîches que Maman avait rapportées. Juché sur une caisse, dans son immense tablier blanc, il soliloquait à voix basse… La cuisine, outre le bénéfice gastronomique qu'on en tirait, était probablement la meilleure façon de rester concentré lorsqu'il n'y avait rien à étudier, à analyser, lorsque les conclusions n'étaient pas affaire d'observation mais de pure spéculation – occuper ses mains, se focaliser sur une tâche pour éviter toute distraction tandis que l'esprit classait, ordonnait, selon des arborescences sans cesse nouvelles, les éléments connus, les faits, les dates, les heures, les lieux, les pièces à conviction, pour susciter de nouvelles questions, de nouvelles pistes, qu'on noterait et qui…

– C'est quoi, ça ?

Adélaïde, la cadette de Markowicz, venait d'entrer dans la cuisine. Elle brandissait le cahier à spirale où il consignait ses enquêtes. Bosco s'essuya les mains sur son tablier avant de prendre l'objet.

– Où avez-vous trouvé cela ? demanda-t-il, avec un air qu'il espéra sévère.

La fillette ne parut pas le moins du monde impressionnée.

– Dans la salle à manger. Je cherchais des feuilles pour dessiner. C'est votre carnet d'hypothèses ?

– Oui, approuva-t-il.

– J'y ai jeté un œil… J'en ai un, moi aussi. Concernant les amours de Fleur, et celles de maman. Je vous le montrerai à l'occasion.

Bosco ne répondit pas. Il essayait de se souvenir si, parmi les hypothèses écrites à la plume, avec pleins et déliés, sur ses feuilles à carreaux, figuraient des éléments susceptibles de traumatiser une fillette de 10 ans. À dire vrai, rien dans cette enquête n'était de l'âge d'Adélaïde, mais…

Elle l'interrompit de nouveau :

– Que cuisinez-vous ?

Elle s'exprimait d'une façon singulière pour une enfant de son âge. Avec une rigueur grammaticale bienvenue.

– *Spaghetti alla puttanesca*. Recette napolitaine…

– Ah. Les « pâtes de la putain » ?

Bosco toussota : dans son esprit, il ne convenait pas qu'une gamine de cet âge prononce des mots de cette sorte.

– Vous parlez italien ? s'enquit-il.

– Un peu. Mais je n'aime pas les anchois, en revanche. Ni les câpres.

Cultivée, polyglotte, gastronome, capricieuse et charretière… Elle s'était assise à la table de la cuisine, bien au fond de sa chaise, le dos droit. Les jambes trop petites se balançaient, du coup. Il posa son carnet, se retourna vers sa casserole, dit :

– Je peux vous préparer des pâtes à l'huile d'olive, si vous préférez. Ou au pesto.

– Hmm, hmm, répondit-elle.

Il entendit qu'elle déchirait des pages du carnet à spirale – sacrilège. Il ne dit rien, jeta un œil à la dérobée, vit qu'elle avait posé quatre feuilles aux quatre coins de la table, et qu'elle griffonnait alternativement sur chacune, avec un feutre à pointe noire très fine. Les dessins s'assembleraient parfaitement, Bosco en était certain. Quatre pièces d'un puzzle.

Cette enfant lui plaisait terriblement.

– Pourquoi cherchez-vous un plombier ? demanda-t-elle.

– Je vous demande pardon ?

– Le plombier… Apparemment, l'homme qui souhaitait démembrer Fleur est venu dans une camionnette, qui appartenait à un plombier… Si j'en crois vos dernières pages de notes.

De nouveau, il s'était retourné. Il hocha la tête.

– Effectivement, mais je ne suis pas sûr que cela soit de votre…

– Vue de ma fenêtre, la camionnette n'était pas celle d'un plombier. Elle portait un autocollant écrit à la main. « *Entreprise de démolition Mailloc* »…

– Que dites-vous ?

– Le téléphone, c'était le 06 98 14 18 56. L'adresse est à Saint-Sulpice, au 118, rue Saint-Saëns. Comme le compositeur de la *Danse macabre*. C'est à quinze minutes d'ici en voiture, j'ai regardé sur Google.

– Mailloc, murmura Bosco. Gilbert Mailloc.

Pour la deuxième fois en deux jours, le

commandant Bosco parcourut les pièces de la maison en courant et criant :

– Commissaire ! Commissaire !

Puis, quelques instants plus tard :

– Jimi ! Willa ! Briefing !

*

Le pygmée avait oublié sa sauce *alla puttanesca*.

Adélaïde se leva, ouvrit la porte-fenêtre pour que la fumée nauséabonde d'anchois calcinés et de piments noircis s'échappe dans le jardin.

Elle souriait, malicieusement.

55.

Jobert ignorait que la nuit avait laissé voici longtemps la place au jour, et que le jour déclinait à son tour.

Elle ouvrit de nouveau les yeux. La lumière artificielle de la cave brûlait.

Assise à même le béton rugueux du sous-sol, elle somnolait depuis des heures, alternant phases d'endormissement complet et éveils hébétés. Combien de temps ? Elle ne savait plus. Pas de montre.

Cette nuit, elle avait d'abord pris le temps de relever en détail les indices, dans la cave de l'horreur. Puis, lorsqu'elle avait renoncé à continuer la liste de ses constatations, elle s'était assise sur le sol de béton. Ses dents claquaient. Les larmes avaient commencé de couler, lentement, silencieusement, sur ses joues. Elle tremblait.

Elle s'était sentie incapable de se relever.

Ensuite, sous le coup de l'émotion, du manque de sommeil, de l'épuisement nerveux, elle s'était endormie. Et maintenant, elle attendait. Quoi, exactement ?

Le retour du tueur ?

Elle estimait simplement impossible de laisser tout cela derrière elle et de déserter l'endroit.

C'eût été abandonner Valentine à son sort une deuxième fois.

Elle avait soif, une soif à faire mal. Elle ne savait pas si elle pouvait tenir debout, n'avait pas le courage d'essayer. La douleur à son épaule palpitait comme une lumière blanche. Il fallait qu'elle se bouge… D'ici, elle ne pouvait pas joindre Markowicz, Bosco ou Willa. Elle aurait dû acheter ce téléphone à carte.

C'était ici que le tueur avait découpé les bras de Valentine Manant, ici qu'il avait pris ses Polaroid. Dans les sacs du magasin de bricolage, à deux mètres d'elle, figurait la liste de ses achats : trois scies, des étaux, des boîtes hermétiques, du plastique, deux bombes de peinture, des pinces, plusieurs paires de gants de chirurgien, une combinaison, des lunettes et des masques jetables. Elle avait dressé l'inventaire… Une bâche pour le sol, aussi. Malgré cette précaution, le sang avait giclé très loin sur la dalle de béton.

La combinaison, les gants, le masque poisseux étaient dans sa poubelle. Les débris d'os et le sang de Valentine souillaient encore la table en Formica. Les étaux avaient été laissés sur place, comme l'appareil Pola. Malade. Putain de malade.

Sur le mur de la cave, il avait écrit à la bombe de peinture : « *Markowicz, tu payes aussi pour cette innocente-là* ». S'attendait-il à ce que le commissaire en personne entre ici ? Oui, apparemment. Et également à ce que Fleur soit morte quand Markowicz retrouverait l'endroit.

« Tu payes *aussi*… »

Jobert frissonna. C'était grâce à elle que Fleur était vivante. Sans doute. Grâce à son arme. Que lui était-il arrivé ? Pourquoi avait-elle tiré devant le pavillon des Arthal, pourquoi n'avait-elle pas pu tirer sur l'homme nu, désarmé ? Quand avait-elle eu tort ?

Elle entendit enfin le bruit, à l'étage. Des pas. Quelqu'un déplaçait des meubles, apparemment. Le tueur ? Ou le commissaire, qui avait enfin trouvé l'endroit que le tueur lui destinait ?

Était-ce cela qui l'avait réveillée ?

Elle entendit la porte du sous-sol s'ouvrir.

Elle prit le Glock 19 qu'elle avait posé à côté d'elle, fit monter une munition. Cela produisit un claquement métallique qui dut signaler sa présence. Du haut de l'escalier, la voix de Jimi demanda tranquillement :

– Diane ? Diane de Moitié ?

*

Jimi décrocha son téléphone, appela Bosco.

– Elle est là, dit-il.

Il descendit les dernières marches, jeta un œil autour de lui, comprit de quoi il retournait.

– … Dans la maison du tueur. Sans lui.

Il s'accroupit devant Diane, lui sourit. Elle lui rendit un faible sourire. Elle était pâle, les yeux cernés de rouge, le visage presque gris. Les lèvres craquelées.

– … Déshydratée, en état de choc.

*

Il parlait d'elle comme s'il décrivait une statue ou une momie, quelque chose qui ne pouvait pas comprendre ses mots. À l'autre bout du fil, on lui répondait. Longuement. Qui ? Bosco ? Markowicz ?

– Très bien. Je m'en occupe, dit-il finalement.

Il claqua son portable, le glissa dans sa poche, sourit de nouveau à Diane.

*

Sa main passa dans les cheveux secs de la jeune capitaine.

– Tu as eu si peur, n'est-ce pas ? dit-il.

Elle hocha la tête à toute vitesse. La seconde d'après elle se mit à pleurer, sans retenue, à gros sanglots. Comme si depuis vingt-deux heures, depuis vingt-cinq ans, elle avait attendu cette phrase, et sa présence, pour le faire.

56.

Antonin ne comprenait pas ce qu'il se passait.

Hier soir, quand il était venu vers 23 heures, comme Fleur le lui avait suggéré, la maison était fermée et il n'y avait personne. Il avait cru à une sortie inopinée, sous la houlette de Mme Arthal et sans que Fleur puisse le prévenir.

Aujourd'hui, cependant, il était repassé trois fois et la maison était toujours fermée.

Rien n'avait bougé. Les volets électriques étaient clos, ceux de la chambre de Fleur, ceux du rez-de-chaussée. La voiture et le scooter de Mme Arthal avaient disparu.

Fleur avait-elle décidé de quitter la région, après cette scène du balcon ? Pourquoi ? Pourquoi juste après qu'elle lui avait écrit «*je t'aime*» ?

Et pourquoi ne répondait-elle plus à ses messages, depuis ?

Il repensait sans cesse à la jeune femme, armée d'un pistolet, qu'il avait presque oubliée d'abord, dans l'ivresse des baisers. «Le père de Fleur a des ennuis, de gros ennuis», «on doit protéger sa famille»... Il aurait dû y prêter davantage attention. Ce n'était pas banal...

Était-il arrivé un malheur ?

57.

Jimi avait donné de l'eau à Diane, doucement, du sucre, puis encore de l'eau salée. Ensuite, il était monté préparer du thé, était redescendu, l'avait additionné d'une goutte de rhum contenu dans une fiole.

– La tournée du patron, dit-il.

Diane l'avait vomi.

Maintenant, il tournait dans la cave, photographiait posément différents éléments du décor macabre. De temps en temps, il lui posait une question. Sur la façon dont les choses s'étaient passées. L'attaque rue Servat. La rencontre avec le tueur. L'incapacité de Diane à lui tirer dessus. La cave, ensuite…

Elle restait assise sur le béton, adossée au mur, les jambes inertes devant elle, mais sa voix s'affermissait. Alors qu'au début, elle ne répondait que par quelques mots brefs, elle se mit à faire des phrases. À donner ses impressions. À raconter ce qu'elle avait ressenti.

Jimi rangea finalement l'appareil jetable dans sa poche. Il lui demanda :

– Que penses-tu du Mal, Diane de Moitié ?

– Du mal ?

– Oui, le Mal, l'essence pure.

– Je… je ne sais pas.

– Certains de nos contemporains expliquent le Mal par des causes sociologiques, ou médicales, ou scientifiques. Tous les criminels sont selon eux des psychotiques, ou des victimes d'une enfance difficile, ou le produit des rapports sociaux dans une société, ou d'un deuxième chromosome Y… D'autres y voient la main du Destin, ou le justifient par des idées religieuses. Et toi ?

– Je ne sais pas. Je ne me suis jamais posé la question.

– Moi, je crois au Mal. À quelque chose de ténébreux, et d'inquiétant, qui serait commun à tous les fléaux – les criminels, les tremblements de terre, la psychopathologie, les rétrovirus, la Patrie, les goules – et auxquels tous ces phénomènes puiseraient. Le Mal. Lucifer, comme disait ma grand-mère catholique. Sheitan. Les diables, comme disait mon grand-père haïtien. Coyote, comme disait mon grand-père navajo.

*

En même temps qu'il parlait, il venait de sortir toute une bimbeloterie de sa sacoche. Il accrocha au vasistas un étrange pantin, puis déposa sur la table en Formica et sur l'établi des demi-crânes humains en simili-os, dont l'occiput avait été tranché net comme pour servir de coupes à des Vikings au Walhalla. Il y émietta des fragments d'une résine étrange, semi-transparente, peut-être de l'ambre ou un caillou d'encens, qu'il alluma. Cela se mit aussitôt à fumer. Diane songea à une sorte d'exorcisme…

– Bien, dit-il. Maintenant, il faut que tu m'indiques où tu as laissé la camionnette de Mailloc.

En entendant ces mots, elle apprit que la Brigade connaissait déjà l'identité du tueur. Elle dit :

– J'ai failli l'avoir. Le tueur…

– Tu raconteras ça en détail au Godfather. Pour l'instant, il faut faire du rangement.

Elle lui précisa le lieu où elle avait laissé le véhicule, lui indiqua où il trouverait les clés – elle les avait laissées dans la boîte à gants.

– La moto avec laquelle tu es venue, elle est où ?

Elle lui donna grossièrement la localisation, fouilla dans ses poches pour retrouver la clé de contact.

– Très bien. Tu vas m'attendre ici.

Elle hocha la tête.

– Mais tu devrais sortir de cette cave. Te lever, d'abord. Tu as besoin d'aide ?

Non. Elle allait le faire toute seule… Dans une ou deux minutes…

Une heure plus tard, Jimi était de retour, au volant de la camionnette « *Plomberie Létourneux* ». Diane l'attendait, assise devant le pavillon. Il désigna la petite caméra accrochée à un lampadaire et qui pendait lamentablement.

– Au fait, j'ai neutralisé la vidéosurveillance municipale, on travaille sans témoins…

– Qu'est-ce qu'on fait ? demanda-t-elle.

– On commence par sortir ma moto du camion. Ensuite, on y met le plombier. Comme ça, les flics retrouveront le corps, et sa veuve sera fixée.

Il se signa, un étrange signe cabalistique, mélange de signe de croix et de tout autre chose.

Diane aida Jimi à descendre la Triumph. L'étrange lieutenant dit, en montrant sa moto du menton :

– La tienne avait disparu. On la déclarera volée. Tu avais payé à ton nom ?

Elle hocha la tête.

Il ne fit aucun commentaire, déchargea sur le trottoir cinq jerricans pleins d'un liquide rosâtre qui puait l'essence. Ils transportèrent ensuite le cadavre de l'infortuné plombier dans sa camionnette, puis Jimi arracha le sticker de l'entreprise de démolition Mailloc sur le flanc droit du véhicule – l'autocollant que le tueur avait laissé comme un indice pour signer l'attaque, et que Diane n'avait pas pu voir.

– Très bien, dit-il. Ça, c'est fait. Rentrons, maintenant…

Ils redescendirent à la cave. Diane aurait pensé ne jamais y parvenir, mais la présence de Jimi rendait cela presque anodin. Il émanait de lui une étrange désinvolture, teintée de gravité, quelque chose de très ancien – l'archaïque proximité de l'homme et du mystère.

Diane s'approcha du vasistas, désigna à Jimi le pantin qu'il avait accroché et qu'elle avait regardé de près tout à l'heure, quand il était parti. C'était un singe naturalisé, ou peut-être simplement séché et embaumé. Le corps de l'animal était nu, aussi lustré et usé qu'un vieux cuir, aussi noirâtre qu'une momie – la face, en revanche, était parfaitement conservée, poilue, lustrée. On avait remplacé les yeux par des billes dites « œils-de-chat », d'un bleu de Prusse pigmenté d'or. Jimi ne répondit pas à sa question muette. Il était en train de rallumer ses demi-crânes en les alimentant de nouveau avec son étrange résine.

– Qu'est-ce que tu fais ? demanda-t-elle.

– Je dispose convenablement les divinités susceptibles de nous aider à réussir cet exorcisme.

– C'est… c'est du vaudou ?

– Pas exactement. Un culte de ma composition.

Il se retourna, sourit :

– Je suis maori et irlandais par ma mère, navajo et marron haïtien par mon père. Autant te dire que je vis avec les démons depuis mon enfance, et que j'ai dû me composer une petite religion maison, pour tout concilier et éloigner les forces du Mal. Attends deux minutes…

Il remonta, redescendit presque aussitôt avec deux jerricans d'essence, reprit la conversation, sur un ton anodin :

– En gros, je brûle des trucs… J'adore brûler des trucs, et d'un point de vue cultuel, c'est très gratifiant : ça a tout de suite l'air définitif, liturgique aussi, et tout le monde comprend… Quand on fait un feu, as-tu remarqué que les visages de tous les gens qui l'entourent prennent l'air grave et lointain à la fois ?

Il sortit une photo de la poche de son blouson de motard.

– Regarde, c'est Jimi Hendrix brûlant sa guitare au festival de Monterey… Ce type était un musicien de génie, un compositeur et un chanteur potable, mais ce qu'ont retenu ses contemporains, c'est qu'il avait noué des liens avec l'invisible. Le monde des esprits. Parce qu'il brûlait les guitares. *Voodoo Child*…

Il dévissa le bouchon du premier jerrican, en vida le contenu le long des murs de la pièce, méthodiquement.

– Le Mal dont tu me parlais tout à l'heure… Tu… tu es là pour le combattre ?

– Ça ne me passionne pas spécialement. Mais on me paie pour le faire, il faut bien que je m'en occupe de temps en temps.

Il jeta le jerrican vide, déboucha le deuxième. La pièce puait l'hydrocarbure.

– Et au fond, je crois que je trouve ça cool. Pas toi ?

Diane fit une grimace, mais ne sut quoi répondre.

– Je brûle des trucs comme les chamans, poursuivit Jimi. Ça rassure les collègues de savoir que quelqu'un se charge de cet aspect de la vie. Pendant que God et Gimli combattent les forces du Mal en ce monde, je me charge de l'autre. Regarde…

Il se pencha sur les demi-crânes fumants, se mit à souffler pour aviver les braises puis sortit de sa poche l'appareil photo jetable qu'il avait utilisé un peu plus tôt.

– Tu te souviens des images de cette cave ? Tu as pensé que tu ne pourrais jamais les oublier ?

Il posa l'appareil jetable sur le crâne fumant. Puis, de nouveau, il souffla – d'abord très lentement, très délicatement, ensuite de plus en plus puissamment. Une flamme lécha le coin de l'appareil photo. Une deuxième, verte. Diane songea que si la moindre étincelle tombait sur l'essence, à leurs pieds, ils grilleraient instantanément comme des saucisses.

Il y eut une brève flambée. Ensuite, le feu s'éteignit, mais l'appareil se mit à noircir, à fumer. Fascinée, Diane regardait les *images* de la cave disparaître dans les flammes. En même temps, elle ressentit un étrange soulagement.

– Tu vois ? demanda Jimi en souriant.

Oui, elle voyait. Alors qu'elle ne l'aurait jamais cru s'il le lui avait simplement dit, elle sut qu'elle pourrait oublier un jour cette cave et le sang de Valentine.

Avec le contenu des trois autres jerricans, il arrosa toutes les pièces de la maison. Il sembla réfléchir avant d'ouvrir certaines fenêtres, d'en fermer d'autres, pour obtenir le courant d'air parfait.

– Bon, on y va ?

Jimi regarda Diane avec douceur, la tête légèrement de biais. Dans la pénombre du crépuscule, elle ne voyait presque plus ses traits.

– Tu veux piloter la Triumph, ou je te prends en croupe ?

Il était plein d'attentions, de délicatesse – alors que ce type était généralement l'ironie incarnée.

Elle dit qu'elle préférait qu'il l'emmène. Dans la nuit tombante, il sortit de sa poche un petit bout de bougie, l'alluma, puis la jeta dans le couloir d'entrée.

Diane vit la nappe d'essence s'enflammer et la flamme bleue, puis orange, se propagea.

Elle enfila le casque. Ensuite, tête nue, Jimi démarra.

58.

Diane s'était attendue à revenir à la maison de Châteaubourg, mais Jimi l'emmena à l'hôtel où elles logeaient avec Willa. Ils entrèrent dans le parking. Elle monta au troisième avec lui, il lui demanda la carte de la chambre, elle se souvint qu'elle l'avait glissée deux nuits auparavant dans une poche arrière de son jean. Cela lui sembla incroyable – cela paraissait si loin, d'un autre temps.

Jimi ouvrit, s'effaça pour qu'elle entre devant lui. Une forte odeur de tabac chaud frappa les narines de Diane. Elle entendit Jimi fermer la porte, dans son dos, fit deux pas vers l'intérieur. Assis sur un des deux fauteuils orange, le commissaire la regardait avec des yeux sévères.

Elle se retourna, vit que Jimi n'était pas entré derrière elle.

Seule avec Markowicz.

Immédiatement, toutes les pensées qui s'étaient bousculées après l'attaque de la rue Servat, et plus tard dans la cave, remontèrent. La submergèrent. Son sentiment d'avoir merdé, d'avoir tout gâché, sa culpabilité d'avoir tiré en direction de la fille et de la mère, d'avoir tiré tout court, puis d'avoir manqué le tueur, sa honte de ce qui s'était passé, et comment elle avait échoué, devant le 118, rue Saint-Saëns…

– Vous nous avez inquiétés, Jobert… Asseyez-vous.

– J'ai son nom, dit-elle, comme seule réponse. Je sais qui est le tueur. Il vous a écrit.

Elle tendit à son supérieur le portefeuille de Mailloc et l'enveloppe pliée en deux. Il les prit, n'ouvrit pas le portefeuille, ne décacheta pas l'enveloppe, hocha la tête.

– Gilbert Mailloc, oui. Jimi nous l'a confirmé, mais nous le connaissions déjà. Nous avons lancé la recherche. Vous êtes certaine que c'est notre homme, n'est-ce pas ?

Elle revit dans un flash les images de l'homme nu devant sa porte, qui ressemblait à la photo du permis de conduire. Puis, déjà floues, presque effacées, les images de la cave. La planche portant les zébrures de sang, la scie égoïne maculée de rouge, les restes humains.

– Oh, ça… Oui.

– Bien. Bien. C'est du bon travail de police, Diane. Même si vous nous avez foutus dans la merde, vous avez fait ce qu'il fallait. Au fait…

Le commissaire sortit de sa poche un téléphone portable qu'elle reconnut aussitôt comme le sien.

– … Vous aviez laissé ça sur le lieu de l'attaque.

Elle prit l'objet.

– La prochaine fois, ne vous en débarrassez pas. Et prévenez-nous.

– Je… je suis désolée.

– N'en parlons plus. Vous avez fait du bon travail. Venez avec moi.

Diane le suivit. Ils quittèrent la chambre et

descendirent par l'ascenseur jusqu'au sous-sol, où les attendait la voiture puissante qu'utilisait le commissaire. Les phares clignotèrent avec un petit bruit souple. Markowicz lui fit signe de se mettre au volant et contourna le véhicule en claudiquant sur sa canne anglaise pour s'installer à la place du passager.

– Vous savez conduire avec une boîte automatique ? demanda-t-il tout en essayant de loger sa grande carcasse dans l'habitacle.

Elle approuva, mit le contact. La voiture démarra, sortit du parking de l'hôtel, s'engagea dans la circulation.

– Où allons-nous ?

– À Châteaubourg. Jimi y est déjà retourné. Mais nous allons faire un détour…

Il lui indiqua la direction, plusieurs fois, afin qu'elle s'engage sur la rocade de Rennes. Il reprit de sa voix étrange, fatiguée ou rêveuse, presque monocorde :

– Après la fusillade, j'ai été obligé de signaler à mon ex-femme que notre fille était probablement en danger. Fleur et Adélaïde sont chez nous, sous la garde du commandant Bosco. Gilberte vous a préparé une chambre.

– Et Willa ? Elle est là-bas ?

– Non. Elle va nettoyer votre chambre d'hôtel, pour que nous ne laissions aucune trace derrière nous. Puis elle regagnera Paris. Il est inutile que nous nous rendions trop repérables.

59.

Il faisait totalement nuit désormais. Ils roulaient depuis une demi-heure. Markowicz fumait sans discontinuer, fenêtre ouverte, ses affreuses cigarettes mal roulées dont la combustion aléatoire ressemblait aux exorcismes de Jimi. Il indiquait à Diane, par phrases courtes, la direction à prendre. De temps en temps, elle le voyait jeter un œil dans son rétroviseur, ou dans celui de l'habitacle, surveiller les voitures qui apparaissaient, s'assurer qu'on ne les suivait pas.

En reconnaissant dans ses phares à diodes les panneaux, elle sut qu'elle retournait là où elle avait été il y a quatre jours.

– On va à la mer ?

– Oui. Jimi m'a dit que vous lui en aviez parlé… La mer la nuit. Il paraît que vous n'avez jamais vu ça.

Elle ne se souvenait pas de l'avoir dit à Jimi. Markowicz n'ajouta rien de plus et se tut jusqu'à la fin du trajet. Elle s'était habituée à l'idée qu'il ne parlait presque jamais.

Au fond, elle trouvait cela reposant.

Ils se garèrent devant la jetée de la grande plage. À cette heure, il y avait des places libres. Ils sortirent de la voiture, le commissaire en premier, massif, boitant sur sa canne. Elle lui laissa quelques mètres d'avance, il s'arrêta devant la digue et elle le rejoignit. C'était moins magique que Diane l'avait pensé. La plage, à marée basse, s'étendait sans briller sous la lune et les étoiles. Les flaques accrochaient le reflet des astres morts. Dans le ciel de traîne, des lourds nuages roulaient. Les lampadaires de la promenade empêchaient de goûter tout à fait au noir d'encre.

– Pensez-vous entretenir une relation problématique à la violence, Diane ? demanda doucement le commissaire.

– C'est-à-dire ?

– Vous avez été affectée chez nous suite à une interpellation sur la voie publique qui a tourné au carnage. Et pour votre première opération sur le terrain avec ma Brigade, vous faites un carton, en pleine zone pavillonnaire.

Elle ne répondit pas.

– Le commandant Bosco a reçu, évidemment, vos rapports d'évaluation. Il est noté que vous êtes un excellent élément, mais instable, et que votre rapport à la violence est pathologique. Qu'en pensez-vous ?

Elle réfléchit quelques instants, puis dit :

– J'ai… j'ai eu peur.

Il ne répondit rien. Il attendait la suite.

– Quand j'ai vu cette créature en liberté, j'ai paniqué, j'ai perdu le contrôle.

– C'est compréhensible. C'était votre première goule. Vous pensez pouvoir garder votre sang-froid lors des prochaines opérations ?

– Oui. Sincèrement, oui.

– Bien. Souhaitez-vous descendre sur la plage, ou est-ce assez pour cette nuit ?

Elle sourit.

– C'est assez, dit-elle. Je vous remercie.

– C'est moi qui vous remercie. Si vous n'étiez pas intervenue comme vous l'avez fait, ma fille et ma femme seraient mortes.

– C'était mon job, répondit-elle, gênée.

– Oui. C'était votre job, et vous l'avez fait.

*

Ils remontèrent dans la voiture. Cette fois, c'est lui qui se mit au volant, Diane lui avait donné envie de conduire. Avant de démarrer, il sortit de la poche de sa veste un CD qu'il glissa dans l'autoradio du véhicule.

C'était un air sautillant de klezmer, un petit blues yiddish de la côte Est, qui monta entre eux dans la nuit.

*

– Nous arrivons, dit-il une demi-heure plus tard.

Il sortit le téléphone mobile de sa poche, composa un numéro.

– C'est nous, dit-il seulement, tout en conduisant sans ralentir.

La barrière du portail s'ouvrit au moment où il tournait pour s'y engager, toujours sans ralentir. « Confiance aveugle », songea Diane. « Une confiance aveugle en ses hommes. Et en moi ? »

Elle avait ressenti un soulagement inattendu,

existentiel, lorsqu'il l'avait remerciée, sur la digue.

Le véhicule se rangea dans l'allée de gravier, le long du pavillon dont les baies vitrées se découpaient dans la nuit, brillamment éclairées. Le commissaire arrêta le disque au milieu d'un morceau, l'éjecta, le glissa dans la pochette qu'il remit dans sa poche de poitrine. Il coupa le moteur. Diane ouvrit sa portière.

– Une dernière chose, capitaine, dit Markowicz.

Elle referma.

– Je ne crois absolument pas aux rapports des psychologues de la police, ajouta-t-il. D'ailleurs, je ne crois pas aux psys en général, ni à leurs explications en particulier. Mais votre dossier interne mentionne un autre incident violent, antérieur à vos années de service. De quoi s'agit-il ?

Elle ferma les yeux, inspira longuement, se demanda un instant si elle allait dire la vérité.

– Je préfère ne pas en parler, murmura-t-elle, finalement.

– Très bien, dit le commissaire. C'est tout à fait votre droit.

Il ouvrit sa portière, s'extirpa de la voiture avec difficulté, sur sa seule jambe valide. Pendant quelques secondes, Diane resta seule dans l'habitacle, tapotant le tableau de bord de ses doigts. Puis elle expira, de nouveau, deux fois, sifflota un petit air sans importance, et sortit.

*

Fleur entendit Markowicz revenir dans la maison de location, reconnut son pas lourd et claudiquant dans l'escalier. Il entrouvrit la porte de leur chambre, elle ferma les yeux, il se laissa duper, redescendit.

Elle ne parvenait pas à dormir.

Elle entendait le souffle paisible d'Adélaïde, dans le lit jumeau. Deuxième nuit, seules au milieu des flics, sous protection.

Elle songeait à son père, cet homme dont la vie était vouée à un combat incessant, opiniâtre, contre le Mal. Markowicz. Léon Markowicz. Un homme violent mais juste dans un monde violent et fou ; un homme qui avait prétendu élever un barrage, des murs, des digues entre ses filles et la lie, la boue sanglante du monde, contre les monstres et les dingues dont le visage de la goule, sur leur pelouse, était la hideuse allégorie.

Elle pensait à Markowicz qui ne dormait jamais.

Il avait préféré les perdre plutôt que de croire qu'un bonheur quelque part était possible. Avait-il raison ? N'y avait-il pas de trêve, d'échappatoire ?

Dans ce cas, comment vivre au soleil ? Avec Antonin ?

Dans l'obscurité, les yeux grands ouverts, la pensée vagabonde, Fleur détestait son père pour la noirceur qu'il jetait sur son monde.

60.

Diane se dévêtit, frissonna, puis s'allongea sur le lit, dans l'obscurité.

Elle était seule dans cette chambre. Willa n'était pas là.

Les yeux ouverts dans le noir, elle songea à tout ce qui venait d'arriver – la cave, son empêchement, le cérémonial de Jimi, la conversation avec Markowicz devant la marée mourante.

Il ne lui reprochait rien.

Il connaissait ses erreurs, mais reconnaissait ses mérites. Elle aurait aimé entendre une parole comme celle-ci, de pardon et de restauration, bien plus tôt. Enfant. Lorsque son père les battait. Lorsqu'elle avait tué son père.

Les larmes recommencèrent à couler sur ses joues, et salèrent ses lèvres. Chaudes. Moins amères. Presque bienfaisantes.

Treizième jour

61.

Pour la première fois de sa vie, Anne-Cécile Arthal se réveilla chez un homme qui n'était pas Markowicz. Dans le lit d'un autre homme que Markowicz. Elle le réalisa avec une netteté parfaite, analytique, surprenante au réveil. L'instant d'après, elle comprit que c'était la troisième fois que son portable sonnait.

Philippe n'avait pas entendu la sonnerie du mobile, lui non plus.

Il dormait en lui tournant le dos, le bras posé sur la couette de plumes blanche – blanche comme tout cet appartement parqueté de bois miel, comme cette chambre, comme la page sur laquelle ils venaient d'écrire les premières lignes.

Elle se glissa hors du lit sans un bruit. Sur la pointe de ses pieds nus, elle rassembla ses vêtements dispersés sur le plancher. Elle n'avait pas vraiment *prévu* cette nuit – c'était un accident, conséquence de son désir d'en finir avec Markowicz, de commencer autre chose. Elle n'avait pas le temps de repasser à son hôtel mais se doucherait et se changerait au cabinet ; elle y conservait toujours des vêtements propres, pour les cas où, après une séance particulièrement difficile, elle avait besoin de se rafraîchir.

Elle regarda autour d'elle, sourit.

« Une séance particulièrement difficile... »

Philippe respirait calmement. La ville s'éveillait dehors, elle en entendait la rumeur par la fenêtre entrouverte. Elle songea à ses filles et à leur père. Elle savait que sous la protection de Markowicz, elles ne risquaient rien. Et elle savait qu'elle venait de rompre la dernière fidélité qui l'unissait à Markowicz.

Elle avait pensé en éprouver une plus grande tristesse.

Elle finit de s'habiller, ouvrit la porte de la chambre, qui grinça légèrement sur ses gonds.

– Tu vas où ? demanda Philippe en se redressant sur l'oreiller et en lui adressant un sourire.

– Au boulot, répondit-elle. On est lundi, et il n'y a pas de vacances pour les névroses.

– On se prend un café ?

– Pas le temps... Mes rendez-vous... Mais je reviens tout à l'heure...

– Avec tes affaires ?

– Oui... Sûrement. Peut-être. On s'en parle. Ce soir. Promis...

Elle lui envoya un baiser dans un souffle.

Dans le salon, elle prit son sac à main sur le canapé, embrassa d'un œil la table basse, les deux flûtes de champagne, la bouteille à peine entamée, la bougie entièrement consumée qu'ils avaient oublié de souffler dans leur hâte, et dont la cire avait fondu en d'étranges formes sur la coupelle de grès.

62.

Quand Diane descendit, Bosco terminait de faire la vaisselle du petit déjeuner.

– Vous avez dormi longtemps, capitaine, constata-t-il. Vous en aviez besoin.

– Parlez-moi de Mailloc, demanda-t-elle en se servant une tasse de café. Qui est-il ?

Le pygmée la regarda, remonta les lunettes sur son nez.

– Gilbert Mailloc accuse le commissaire d'être responsable de la mort de sa fille, et surtout de sa femme. Nous supposons qu'il se venge à sa façon. En faisant la goule.

– Vous me racontez ?

– Je crois qu'il vaudrait mieux que le commissaire le fasse lui-même.

Diane le laissa. Dans la pièce d'à côté, Jimi jouait aux fléchettes, sur une porte d'armoire, avec les deux gamines de Markowicz. En la voyant, il lança :

– Tiens, c'est miss Manurhin.

Elle le salua du menton. Il avait retrouvé son ton moqueur, ce matin – rien à voir avec le chaman de la rue Saint-Saëns.

Les filles s'étaient retournées elles aussi. L'aînée lui jeta un regard boudeur, puis lui tourna le dos. La seconde la regarda traverser le salon, sa tasse de café fumante à la main, sans aménité ni émotion apparentes.

Diane poussa encore une porte, tomba sur Gilberte qui revenait du jardin, un bouquet de fleurs dans une main, un sécateur dans l'autre.

– Vous cherchez quelque chose, Diane ?

– Le commissaire.

– Il est dans la bibliothèque. Je vous y rejoins dans cinq minutes, pour la séance romanesque.

Diane ne demanda même pas de quoi il s'agissait.

Elle frappa à la porte, entra.

Markowicz ne s'aperçut apparemment pas de sa présence. Il fumait, les yeux mi-clos dans un nuage bleuâtre. Diane vit un verre vide posé sur la table devant laquelle il était assis, à côté d'une bouteille de whisky australien aux trois quarts pleine. Une dizaine de livres étaient empilés au pied du fauteuil, en un édifice incertain.

– Vous ne dormez jamais, Patron ? demanda-t-elle.

Il se tourna vers elle, la dévisagea curieusement, semblant d'abord prendre conscience qu'elle existait, puis se souvenir, progressivement, de ce qu'elle faisait là.

– Pour oublier la douleur dans ma jambe, il faudrait que je me saoule. Et j'évite de me saouler en présence de mes filles.

Elle ne commenta pas.

– Bosco m'a dit que Gilbert Mailloc était une vieille connaissance pour vous. Vous m'en dites davantage ?

– Sa fille a été attaquée par une goule, il y a cinq ans. En pleine rue. Les témoins ont appelé police secours, j'étais en maraude dans le coin avec deux de mes gars – Jimi et un flic que vous ne connaissez pas, un autre sacré flic. Lothaire. Nous sommes arrivés les premiers sur place, mais trop tard. La goule avait réduit la fillette en charpie.

– Et ?

– J'ai abattu la créature. Il n'y avait pas encore les lois et règlements concernant nos engagements.

– Pourquoi Mailloc veut-il se venger, alors ? Simplement parce que vous êtes arrivé trop tard ?

– Non. Il pense que la goule qui a dévoré sa fille est sa femme. Il est impossible de le vérifier, mais la mère et la fille devaient faire des courses ensemble, ce jour-là. Et sa femme n'est jamais reparue après l'attaque. Jimi suppose quant à lui qu'elle a profité de l'occasion pour se faire la malle, et refaire sa vie très loin de son imbécile de mari…

Il avait souri piteusement, comme s'il venait de lancer une très mauvaise plaisanterie.

– Vous, que pensez-vous, Patron ?

– Je pense que Mailloc a raison. J'ai probablement tué sa femme en essayant vainement de sauver sa fille.

– Et selon lui, ça mérite de démembrer Fleur ?

– Ne le jugez pas. Il est devenu fou de douleur. Dans les mois qui ont suivi, il a porté plainte contre moi. Trois fois. Les plaintes ont été jugées irrecevables par le juge d'instruction, et l'enquête disciplinaire de l'IGPN a montré que je n'avais pas commis la moindre faute. Mais manifestement, cela ne lui a pas suffi. Il m'a adressé des dizaines de courriers, pleins de reproches, de malédictions, de gémissements. Il demandait aussi de pouvoir récupérer les cendres de la goule, pour les inhumer. Mais il n'avait jamais proféré la moindre menace à mon endroit…

– Et ça s'est arrêté ?

– Oui. Selon mes souvenirs, ses courriers ont cessé il y a deux ans environ.

– Son intrusion dans le zoo date de cette époque ?

– Ah, vous êtes au courant ? Effectivement. C'est probablement à ce moment qu'il a décidé de se venger. En un sens, c'est à mettre à son crédit. Ça prouve qu'il ne se sentait pas capable de tuer de sang-froid…

– Mais ça a changé, ça aussi, dit Bosco.

Diane se retourna. Le commandant venait d'entrer dans la pièce avec Gilberte. La vieille dame aux cheveux hortensia s'installa à une table, avec sa machine à écrire portative orange vernie. Jimi entra de son pas traînant, se laissa tomber dans un fauteuil.

– Tu laisses les filles toutes seules ? demanda Markowicz.

– Elles n'ont pas exactement besoin de moi, commissaire, je te signale. Elles n'ont plus cinq ans, et si tu comptes leur imposer une nounou permanente, bon courage.

– Je ne pense pas qu'il convienne de les laisser à côté. Nous avons besoin d'elles pour la séance romanesque, dit Bosco.

Tout le monde le regarda. Markowicz s'était

redressé sur sa chaise, brutalement, et sa canne anglaise tomba sur le sol.

– Elles font partie de l'histoire, depuis le début, ajouta le minuscule commandant. Qu'on le veuille ou non. Et la cadette nous a permis de retrouver Diane. Elles sont dans la famille.

Markowicz se tut, longuement, puis il essaya de rouler une cigarette. Il échoua.

– Si vous êtes d'accord, bien entendu, Léon, précisa Bosco.

– Comme vous voulez, Bosco.

Markowicz rangea la bouteille de bourbon dans le tiroir de droite.

Les filles avaient pris place – Fleur à contrecœur, Adélaïde avec un enthousiasme évident.

– Alors, que raconte-t-on ? demanda Jimi.

– C'est l'histoire d'un homme fou de douleur, dit Markowicz de sa voix rêveuse. Un homme qui a perdu sa fille et sa femme, le même jour, et qui n'a jamais pu en guérir. Pendant trois ans, il pense qu'on la lui rendra. Il estime qu'elle a au moins le droit qu'on reconnaisse son décès, et qu'on lui donne une sépulture. Mais l'administration ne veut rien savoir. Sous sa forme de goule, la femme de Mailloc n'est pas identifiable avec sûreté, il est donc impossible qu'on lui restitue le corps.

Gilberte avait commencé de taper à la machine à écrire, un crépitement léger, régulier. Tous les flics se taisaient. Adé s'était assise dans un fauteuil, elle regardait son père comme une fillette regarde un conteur – les yeux écarquillés, suspendue à ses mots, en quasi-extase. Fleur continuait de bouder.

– … L'homme, finalement, décida de se venger. Se venger de ceux qui lui avaient pris sa femme, et qui ne voulaient pas la lui rendre. Se venger par là où il avait été blessé. Il s'introduisit, la nuit, dans le zoo de Denfert, entra dans une cage, se fit contaminer avant d'assommer la goule. Puis il apprit à connaître ses crises… À les sentir venir… Et il se renseigna sans doute, de façon plus approfondie, sur l'homme qui avait causé son malheur, le flic qui avait abattu sa femme – moi. Quand il fut prêt, quand il eut appris aussi à savoir anticiper exactement la survenue de la crise, ou à la provoquer avec la MDMA, il s'installa à Rennes. À Saint-Sulpice, plus exactement. Dans une maison de location. Puis il attendit. Et il se rendit devant le lycée de Fleur juste avant une crise, en pensant la dévorer.

Markowicz jeta un œil à sa fille. Diane remarqua qu'elle avait cessé sa moue exagérée – elle écoutait maintenant, la bouche légèrement bée. Mais quand elle surprit le regard de son père, elle se rembrunit.

– Il échoua, reprit le commissaire. En lieu et place de Fleur, il massacra une autre lycéenne, Valentine Manant. Réalisant son erreur, il se rendit chez Valentine, dont il avait gardé les papiers et le trousseau de clés. Il élimina dans les affaires de sa victime ce qui permettait de remonter jusqu'à lui.

Diane vit Bosco secouer légèrement la tête et noter quelque chose, pour la première fois, dans son carnet à spirale. Le crépitement de la machine de Gilberte ne s'était pas arrêté.

– L'homme fou de douleur en voulut encore davantage au policier de lui avoir fait commettre cette erreur et tuer une innocente. Il en devint fou de rage, il « décompensa », en langage psychiatrique. Il découpa la jeune fille, et envoya les bras, un par un, au policier, pour le mettre sur sa piste. Il voulait jouer avec la peur du policier, le faire lanterner, jusqu'à la prochaine crise, la dernière, celle où il solderait ses comptes... Il comprit qu'il fallait changer son mode d'approche, se retrouver très près de sa cible, dans un lieu où elle serait seule avec sa famille. Il chercha une idée pour s'approcher du domicile discrètement, pensa au plombier – peut-être parce qu'il avait croisé, au cours d'une de ses promenades en ville, le camion aux vitres fumées. Et parce qu'il fallait donner ensuite aux policiers le moyen de retrouver son identité, même s'il mourait dans l'attaque. Il appela Robert Létourneux un soir, le fit venir chez lui, prétextant une urgence. Il le tua à coups de couteau. Il prépara le camion pour que le policier retrouve sa trace après la dernière attaque – en y faisant figurer son adresse. L'homme fou de rage pensait mourir dans l'attaque, comme sa femme ; il pensait aussi défigurer la fille du policier, la massacrer de telle sorte qu'elle ressemble à sa propre fille le jour de sa mort... C'est ce qu'il m'a écrit dans la lettre qu'il m'a adressée, et laissée à son domicile. Deux jours plus tard, sentant qu'une crise pouvait revenir, il prit le camion, roula jusqu'à la rue Servat, se gara, avala la drogue, et attendit.

Markowicz se tourna vers Diane.

– Ce qu'il n'avait pas prévu, c'est qu'une chasseresse se trouverait elle aussi sur les lieux. Mis en fuite, il obéit à son instinct de bête, et rentra chez lui. Mais là aussi, la chasseresse l'attendait.

La main de Markowicz battit l'air en mesure, quelques instants, puis s'interrompit dans son vol – pour signifier la fin provisoire du roman…

– L'homme fou de rage est quelque part en ville. Il n'est pas mort, n'a pas encore assouvi sa vengeance sur la fille du policier. Il la cherche, sans doute.

Tout le monde se taisait. Le visage de Fleur ne tressaillait pas. Markowicz plissait les yeux, remarquablement.

Bosco prit son carnet, lut les notes qu'il avait prises pendant la « séance romanesque ». Le but de ce récit, c'était précisément de pointer les erreurs de l'histoire, ses incohérences, ses points faibles. C'était une technique qu'ils avaient mise au point il y avait longtemps, tous les deux, le Patron et son adjoint. Une « procédure de vérité », disait Bosco.

– Comment savez-vous qu'il a tué Valentine par erreur, Léon ? Et qu'il ne la connaissait pas ?

– Je le pressens à ce qu'il a écrit sur le mur de sa cave, et dans sa lettre. Il ne l'aurait pas qualifiée d'innocente, dans le cas contraire. Il s'en veut pour sa mort, et m'en veut. Je devais *payer* pour ça aussi.

– Mais dans ce cas, qu'a-t-il cherché à dissimuler en déchirant son agenda ?

– Je ne sais pas. Peut-être n'est-ce pas lui qui a arraché les pages ?

– Vous savez très bien que si, commissaire... Quelque chose cloche, à cet endroit.

Le commissaire se tourna vers sa fille :

– Fleur, tu connaissais Valentine Manant ? Elle te connaissait ? Vous fréquentiez le même endroit, une fois tous les quinze jours ?

– Non, fit la jeune fille en secouant la tête avec réticence, comme si elle craignait que d'en dire plus la plongerait plus avant encore dans le cauchemar.

– C'est un point crucial, Léon, le point d'achoppement de l'histoire jusqu'à présent, conclut Bosco. Il n'avait peut-être pas prévu de tuer Valentine Manant mais il ne l'a pas rencontrée par hasard. Il la connaissait. Et c'est donc peut-être le seul moyen que nous avons de retrouver le tueur, maintenant qu'il a disparu dans la nature.

*

Anne-Cé sortit de la douche contiguë au cabinet, se sécha vigoureusement, sans un coup d'œil à la glace. Philippe l'avait trouvée belle, cette nuit. Pourquoi ne pas lui faire confiance ?

Elle ouvrit le petit dressing, enfila une culotte puis une robe fuchsia, légère mais élégante.

Philippe... Que penserait-il de cette robe, ce soir ? Se pouvait-il que... ?

Pourquoi pas. Pourquoi ne pas penser après tout qu'un nouveau départ était possible. Différent. Quelque chose d'autre.

Un air triste lui vint en tête, la seule chanson de Gainsbourg qu'elle aimât vraiment, et qui s'appelait *La Chanson de Prévert*. Elle en chantonna instinctivement (et faux) la dernière phrase, étonnée elle-même de cette révélation.

« Et ce jour-là / les amours mortes / en auront fini de mourir… »

Était-ce cela ?

Un coup d'œil à son bracelet-montre : la première patiente était peut-être déjà arrivée. Valentine, un cas difficile. Une jeune fille à qui la vie faisait peu de cadeaux, et qui s'entêtait à refuser ceux qu'elle offrait. La séance qu'elles avaient eue il y a pile deux semaines, dans la soirée, avait été interminable, éprouvante. Ce matin, ce serait plus court, forcément. Mais avant, Anne-Cé allait prendre le temps de boire un café, pour se réveiller tout à fait, être disponible, attentive.

Elle avait un peu menti à Philippe. Si elle avait filé si vite, c'est parce qu'elle préférait se doucher et déjeuner ici, ce matin. Tout faire avec lui, chez lui, le même jour, c'eût été trop… Aller étape par étape. Joyeusement. Posément. Délibérément.

Elle songea qu'un petit mensonge dès le premier matin, sur son emploi du temps, c'était un bon début, pour une vie commune. Une vie commune… Elle sourit de nouveau.

*

– La lettre de Mailloc est un délire décousu, constata Markowicz. Comment pouvons-nous remettre la main sur lui ? Bosco, vos idées ?

Le minuscule commandant consulta son carnet à spirale, revint trois pages en arrière, lut deux ou trois notes, ajouta trois mots au stylo-plume.

Il se racla la gorge, toussa.

– C'est assez compliqué, s'il a décompensé… Il est bien évident que le tueur doit être désarçonné, mais qu'il va se reprendre. Soit nous trouvons la solution au problème de l'agenda… soit nous attendons… soit nous lui tendons un piège, en utilisant ces deux jeunes filles comme appât.

Adélaïde se redressa sur le fauteuil dans lequel elle s'était vautrée, les yeux brillants d'excitation. Markowicz secoua la tête négativement, sans dire un mot. Fleur y consentait de la tête, exactement dans la même seconde. Si tel était le prix de leur libération…

– Cette hypothèse est assez… compliquée, se répéta Bosco. Les récents événements indiquent que le tueur est désormais capable de frapper de sang-froid. La mort de Valentine a levé ses préventions… Il a tué un plombier, depuis. Et il a blessé Diane… Il est prêt à tuer toutes les personnes qui se mettraient sur sa route.

– Tu proposes quoi, Gimli ? demanda Jimi.

– Nous ramenons ces jeunes filles chez elles. Nous nous installons à demeure avec elles. Et nous organisons une nasse…

– On recommence à planquer ? soupira Diane.

– Non. Cette fois, nous pourrons disposer d'effectifs de police conséquents. Nous travaillons au grand jour. J'ai eu hier un coup de fil du commissaire Cilabe. Ils savent que nous cherchons une goule à Rennes, et ils n'ont qu'une envie – qu'on la retrouve avant qu'elle ne fasse des petits.

– Ils ont fait le lien avec l'affaire Manant ? demanda Gilberte, qui s'était arrêtée de taper à la machine.

– Non, répondit Bosco. Pour l'heure, le commissaire Cilabe m'a signalé deux attaques sur des chiens, dans le quartier, au cours des heures qui ont suivi l'incident rue Servat. Deux rottweilers, égorgés. Il m'a semblé très inquiet…

– On verra les conséquences pour la Brigade s'ils font un jour le lien entre Manant et Mailloc, enchaîna Markowicz. Pour l'heure, vous avez peut-être raison, Bosco. Nous allons utiliser tous les moyens disponibles pour débusquer le fils de pute. Diffusion de son identité, de son portrait, avis de recherche, la procédure habituelle. Ensuite, nous verrons…

– Vous avez parlé d'attaques sur des chiens, intervint Adélaïde. Deux rottweilers égorgés. C'est exactement ce qui est arrivé à Ken et Barbie devant le cabinet, non ?

Quelques secondes, il sembla qu'une mouche volait. Puis, Fleur précisa :

– Il y a deux chiens qui ont été égorgés dans le jardin qui jouxte le cabinet de maman. Il y a dix jours.

– Quand exactement ? demanda Markowicz, voix blanche.

– C'était… c'était avant mon oral de bac français. Le soir de la fête de la musique, je crois, le 21 juin.

Bosco dit :

– Il y a deux semaines exactement.

Markowicz dit :

– Merde. Valentine.

Bosco poursuivait :

– Dans l'agenda, Valentine avait un rendez-vous toutes les deux semaines. C'était probablement chez sa psy.

Markowicz sortit son téléphone, appela son ex. Anne-Cécile était sur messagerie.

– Merde, où est-elle ? Gilberte, le numéro de l'hôtel…

Fleur venait de sortir son portable.

– Maman ? Tu cherches maman ?

Son père demanda :

– Tu penses qu'elle te répondra, à toi ?

– J'ai… j'ai téléchargé sur son mobile une application de géolocalisation… Tu sais, celle que les parents utilisent pour fliquer leurs enfants… Je fais un peu la même chose avec elle… Dans l'autre sens.

Diane comprit enfin comment la jeune fille s'y prenait pour prévoir systématiquement le retour de sa mère. Elle l'entendit dire d'une voix blanche :

– Maman est à son cabinet.

63.

Anne-Cécile ouvrit la porte de la salle d'attente et eut un mouvement de surprise : Valentine Manant n'était pas là, mais il y avait, en revanche, un homme d'âge mûr, légèrement dégarni. Il se leva à son entrée, et resta là, immobile, en la considérant d'un air bienveillant, étrangement triste.

– Monsieur, vous êtes… ?

– Valentine n'est pas là, répondit-il finalement. Elle a trouvé que la séance avait été beaucoup, beaucoup trop longue, la dernière fois. Elle m'a chargé de vous le dire.

– Qui… qui êtes-vous ?

– Un ami. Un ami de Valentine.

Il gardait les bras le long du corps, dans cette attitude étrange – cet air de ne pas être là… Il avait un sac de sport à ses pieds. Noir, fermé par une fermeture Éclair.

Dans la poche d'Anne-Cécile, le téléphone vibra à cette minute.

– Excusez-moi…

Elle le sortit. Elle lut le SMS : «*Enferme-toi. N'ouvre à personne. M.*» Elle pâlit. L'homme étrange dit :

– Mauvaise nouvelle ?

*

Jimi avait filé sur la moto, Diane et Léon à bord du 4×4 loué. Bosco n'était pas très utile dans ce genre d'intervention. Il était resté dans la maison.

Gilberte avait accompagné les deux filles dans leur chambre.

Dans la cuisine, Bosco parcourait son carnet à spirale. Il marmonnait à mi-voix :

– Valentine Manant… Tentatives de suicide… Besoin de suivi psy… Rendez-vous tous les quinze jours… A comme Arthal… Bien sûr, bien sûr.

Valentine était morte le 21 juin, devant le cabinet d'Anne-Cécile. Parce que le tueur visait Anne-Cécile Arthal. Pas Fleur.

– Maman va mourir ? fit une voix de fillette, derrière lui.

Les deux filles de Markowicz se tenaient sur le seuil de la cuisine. Bosco ouvrit la bouche, hésita, puis dit :

– Je ne sais pas.

Il ne sut pourquoi il ajouta :

– Ma maman, mon papa et mes huit frères et sœurs sont morts, sous mes yeux, l'année de mes vingt ans.

– Adé n'en a que dix, répondit Fleur Arthal.

*

Diane conduisait le 4×4 très au-delà des limites autorisées par la loi.

Le commissaire s'énervait sur son portable, rappelant sans cesse :

– Allô, Anne-Cé ? Allô ?

Il le jeta finalement à ses pieds. Diane l'entendit dire, rêveusement :

– Œil pour œil, dent pour dent… Bien sûr. Ma femme contre la sienne… Sa femme…

Il se tourna vers elle :

– Accélérez, Diane !

Elle roulait à 120, en pleine ville.

*

Jimi jeta sa moto sur le trottoir, se rua à l'intérieur de l'immeuble et ouvrit à la volée la porte du cabinet de psy. La salle d'attente était vide. Une chaise était renversée, la porte donnant sur le cabinet proprement dit entrouverte. Il y avait des bruits, là-bas. Des râles, ou des murmures.

L'odeur méphitique du Mal s'exhalait à plein nez. Jimi fit monter une munition dans le canon de son arme. Il avança vers le cabinet ouvert, et dit :

– Anne-Cécile ?

Quand il poussa la porte du pied, il vit.

La jolie et grande femme blonde était renversée sur son bureau. Elle portait une robe fuchsia, assez sage et bien coupée, qui allait merveilleusement avec sa peau bronzée, ses cheveux blonds. Le type armé de longues cisailles de jardinier avait fait un ravage sur son abdomen, sa poitrine, ses bras…

Il se retourna, interrompu dans son macabre ouvrage *post-mortem*. Il souriait, mais changea d'attitude en voyant le grand échalas. Il demanda :

– Le commissaire Markowicz n'est pas là ?

– Il arrive, ducon. Et il ne va pas être content. Lève les bras…

Mailloc n'obtempéra pas. Il se retourna vers sa victime comme si Jimi n'avait rien dit – comme s'il ne braquait pas une arme sur lui. Il reprit sa cisaille posée sur le bureau pour se remettre à l'ouvrage.

– Lève les bras, je te dis…

Le chaman se souvint en un éclair du récit de Diane – devant le pavillon rue Saint-Saëns, les pierres, les morceaux de parpaings… Grâce à ce flash, il fléchit sur ses jambes à l'ultime seconde, esquiva la paire de cisailles qui volait vers lui, à l'endroit où, une seconde plus tôt, se trouvait son visage.

Jimi tira, quatre fois, en position d'école.

Épilogue

– Je… je suis désolée, dit Diane.

Le Patron la regarda, surpris :

– De quoi, capitaine ?

– Je l'ai eu au bout de ma mire… Il y a deux nuits… Si j'avais tiré, il n'aurait pas…

– Si vous aviez tiré sur un homme désarmé, vous seriez devenue un monstre, Diane.

Markowicz n'ajouta rien et la planta là, au milieu de la chaussée, pour retourner vers le cabinet de psychologue. Il boitait bas et fendit de sa haute stature la petite foule de spécialistes qui s'agitaient devant l'immeuble, dans la rue Le Bris : police scientifique, experts légaux, flics en tenue, ambulance, pompiers, l'habituel carrousel de tous ceux qui se mobilisent après un crime. (Jimi les appelait « les vautours chaugouns » – cela avait sans doute quelque chose à voir avec la charogne.) (Et ce n'était pas dit avec chaleur.)

Depuis quatre heures qu'ils attendaient là, il sembla à Diane que les épaules du commissaire s'étaient encore voûtées – qu'il portait sur le dos tout le fardeau du Mal. Il s'arrêta sur le trottoir pour serrer la main d'un nouveau venu, un type presque aussi grand que lui, aux tempes grises, la cinquantaine élégante, costard noir, chemise blanche, des yeux bleu gris acier.

Ils échangèrent quelques mots. L'homme semblait bouleversé.

Diane entendit des éclats de voix, le long des rubalises, là où une petite foule de voisins, de curieux et de journalistes se pressait pour voir. Une vieille dame apostrophait un planton. Diane s'approcha, se présenta :

– Capitaine Jobert… Que se passe-t-il, madame ?

– L'ADN… il faut prendre l'ADN, dit Roselyne Michel. Je l'avais dit à la petite madame.

– Je vous demande pardon ?

– Le tueur, là… C'est le même qui a tué Ken et Barbie, sûrement… Vérifiez son ADN.

*

Anna et Willa rejoignirent la maison de Châteaubourg dans l'après-midi. En début de soirée, les Parques de nouveau réunies terminaient de conditionner dans la Brigade volante tout le matériel et les archives qu'on rapporterait, demain matin, avenue du Président-René-Coty.

Elles avaient classé et coté les documents concernant la mort de Valentine Manant, en éliminant toutes les « informations non essentielles ». Gilberte transmit au procureur.

Le commissaire avait quitté la scène de crime de la rue Le Bris au volant de sa voiture automatique vers 15 heures.

On était sans nouvelles.

Le commandant Bosco se rendit en fin de journée chez Michèle Manant, se présenta, et lui annonça que sa fille avait été victime d'une attaque de goule, à la sortie de chez son psy, le 22 au soir. La dame, manifestement malade, identifia sa fille sur une photo de son visage. Bosco lui déconseilla de se rendre à la morgue pour voir le corps. Il ne lui précisa pas que dans le dossier, l'attaque était enregistrée à Paris, rue des Artistes. Pour la pauvre femme, cela ne changeait rien.

Le minuscule pygmée avait auparavant réglé avec le procureur de Rennes les questions relatives à la qualification de la mort d'Anne-Cécile Arthal, rue Le Bris. S'agissant d'une affaire de meurtre au cours de laquelle l'assassin avait été abattu, il y aurait une instruction judiciaire rapide. La brigade criminelle de Rennes en était chargée.

L'homme était soupçonné d'être également une goule, ce qui expliquait la présence de la Brigade Markowicz sur les lieux du drame.

On attendrait d'éventuelles attaques ultérieures avant de décider si on classait la capitale bretonne parmi les « zones infectées », et à ce titre susceptibles d'accueillir un « zoo ».

Le parquet de Rennes venait par ailleurs d'ouvrir une enquête criminelle concernant la mort du plombier Létourneux, retrouvé mort dans sa camionnette la veille, par les policiers appelés sur un incendie d'origine criminelle. Les premiers éléments de l'instruction indiquaient que l'homme de l'art s'était rendu à un rendez-vous, pour une urgence, dans une maison louée depuis deux mois par un certain Gilles Caillaux – l'identité était factice, comme le révélait un rapide examen du bail de location. L'incendie du pavillon de la rue Saint-Saëns laissait supposer, pour l'heure, que l'assassin de Létourneux s'était immolé par le feu après son crime.

Robert Létourneux avait des maîtresses. On soupçonnait une affaire de cœur.

*

La nuit était tombée. Diane avait raccompagné les deux filles de Markowicz chez elles. Bosco et Jimi les y avaient rejointes.

Un peu plus tard, ils avaient reçu la visite du garçon-acrobate. Il était au courant, comme tout le quartier. Il apportait un bouquet de fleurs pour Fleur. Des dahlias « Chat noir », pourpre et noir. Il demanda à Diane qu'elle les remette à l'être aimé. Il ne voulait pas déranger.

– Elle va avoir besoin de toi, dit la jeune capitaine.

– Je serai là, répondit le garçon.

Il lui tendit de sa poche une carte de visite : « *Antonin Antonin, fildeفériste, acrobate, jongleur, clown triste* ».

– Appelez-moi dès que nécessaire, dit-il.

*

Deux heures plus tard, Markowicz se gara dans la rue Servat, à peu près à la place où Diane avait fait le guet, pendant quatre jours, dans le

4×4 aux vitres fumées. Il sortit en claudiquant. Lorsqu'il atteignit le bas de la pelouse, il vit que sa Brigade guettait son arrivée : Bosco, Jimi et Diane venaient de sortir sur le seuil.

Il monta vers eux, un sac plastique à la main. Bosco nota sans doute, de son œil de lynx, qu'il s'agissait d'un sachet siglé au nom d'une librairie de Rennes.

Il passa entre eux.

Ils étaient immobiles comme des statues, muets. Il vit sur leurs traits toutes les condoléances qu'il y avait à partager. Il dit :

– Les obsèques auront lieu après-demain. Je resterai ici avec Fleur et Adélaïde, en attendant. Seul.

Ils hochèrent la tête. Bosco précisa :

– Les filles sont toutes les deux couchées dans la chambre de Fleur. Elles ne voulaient pas dormir séparées.

Il ajouta :

– Elles vous attendaient.

– Quelle heure est-il ? demanda le Patron.

– Minuit. Presque sonnant.

Markowicz monta douloureusement l'escalier de la maison qu'il avait achetée, dix ans plus tôt, pour mettre Anne-Cé et les filles à l'abri. Ce qu'il avait à faire, maintenant, il l'avait imaginé mille fois, dans ses sombres pensées. Puisque le pire était toujours sûr, il s'y était préparé.

Il frappa à la porte de Fleur, entra dans la chambre.

Ses deux filles se serraient dans le même lit, les yeux rougis. Elles le regardèrent, il tira une chaise, s'assit. Il confectionna une cigarette, mal roulée, dont quelques brins de tabac tombèrent sur la moquette, l'alluma. La première cendre dessina sur le sol un petit rond roussi.

Il sortit de la poche plastique le livre qu'il avait acheté – un autre livre dans lequel se réfugier, un roman comme un paravent, entre lui et la chanson du deuil, la chanson du désespoir, la chanson de la mort. Celle de la famille s'était tue, pour toujours. Il ouvrit *L'Étranger*. Minuit sonna quelque part. Il lut deux lignes, l'incipit, d'une voix rêveuse, lointaine, presque absente :

« *Aujourd'hui, maman est morte. Ou peut-être hier, je ne sais pas.* »

Il ferma le livre, hésita à lever les yeux vers elles, les regarda finalement :

– Je… je vous demande pardon… Je ne partirai plus.

L'auteur

Ancien journaliste-reporter, **Vincent Villeminot** vit dans les Alpes où il se consacre entièrement à l'écriture. Il a signé de nombreux romans pour adultes et adolescents, dont la trilogie fantastique *Instinct* (Nathan) et l'un des volumes de la série chorale *U4* (Nathan/Syros). *La Brigade de l'ombre* est son premier roman noir.

Dans la collection

Pôle fiction

M. T. Anderson
Interface

Bernard Beckett
Genesis

Terence Blacker
Garçon ou fille

Judy Blundell
Ce que j'ai vu et pourquoi j'ai menti

Anne-Laure Bondoux
Tant que nous sommes vivants

Ann Brashares
Quatre filles et un jean
• Quatre filles et un jean
• Le deuxième été
• Le troisième été
• Le dernier été
• Quatre filles et un jean, pour toujours
L'amour dure plus qu'une vie
Toi et moi à jamais
Ici et maintenant

Irena Brignull
Les Sorcières du clan du Nord
• Le sortilège de minuit

Melvin Burgess
Junk

Florence Cadier
Le rêve de Sam

Orianne Charpentier
Après la vague
La vie au bout des doigts

Sarah Cohen-Scali
Max

Eoin Colfer
W.A.R.P.
• 1. L'assassin malgré lui
• 2. Le complot du colonel Box
• 3. L'homme éternel

Ally Condie
Atlantia
Promise
• Promise

• Insoumise
• Conquise

Andrea Cremer
Nightshade
• 1. Lune de sang
• 2. L'enfer des loups
• 3. Le duel des alphas

Matthew Crow
Sans prévenir

Christelle Dabos
La Passe-Miroir
• 1. Les Fiancés de l'hiver
• 2. Les Disparus du Clairdelune

Stéphane Daniel
Gaspard in love

Grace Dent
LBD
• 1. Une affaire de filles
• 2. En route, les filles !
• 3. Toutes pour une

Victor Dixen
Le Cas Jack Spark
• Saison 1. Été mutant
• Saison 2. Automne traqué
• Saison 3. Hiver nucléaire
Animale
• 1. La Malédiction de Boucle d'or
• 2. La Prophétie de la Reine des neiges

Berlie Doherty
Cher inconnu

Paule du Bouchet
À la vie à la mort
Chante, Luna
Mon amie, Sophie Scholl
Je vous écrirai

Timothée de Fombelle
Le livre de Perle

Cornelia Funke
Reckless
• 1. Le Sortilège de pierre

Aurélie Gerlach
Où est passée Lola Frizmuth?
Qui veut la peau de Lola Frizmuth?

Alison Goodman
Eon et le douzième dragon
• Eon et le douzième dragon
• Eona et le Collier des Dieux

Michael Grant
BZRK
• BZRK
• Révolution
• Apocalypse

John Green
Qui es-tu Alaska ?
La face cachée de Margo
Tortues à l'infini

John Green /David Levithan
Will & Will

Lian Hearn
Le Clan des Otori
• 1. Le Silence du Rossignol
• 2. Les Neiges de l'exil
• 3. La Clarté de la lune
• 4. Le Vol du héron
• 5. Le Fil du destin

Monica Hesse
Une fille au manteau bleu

Maureen Johnson
13 petites enveloppes bleues
• 13 petites enveloppes bleues
• La dernière petite enveloppe bleue
Suite Scarlett
• Suite Scarlett
• Au secours, Scarlett !

Sophie Jordan
Lueur de feu
• Lueur de feu
• Sœurs rivales

Gordon Korman
Mon père est un parrain

Justine Larbalestier
Menteuse

Sève Laurent-Fajal
Les Valises

David Levithan
A comme aujourd'hui

Erik L'Homme
Des pas dans la neige

Sue Limb
Jess Jordan
• 15 ans, Welcome to England !
• 15 ans, charmante mais cinglée
• 16 ans ou presque, torture absolue
• 16 ans franchement irrésistible

E. Lockhart
Nous les menteurs

Federico Moccia
Trois mètres au-dessus du ciel

Jean Molla
Felicidad

Jean-Claude Mourlevat
Le Combat d'hiver
Le Chagrin du Roi mort
Silhouette
Terrienne

Jandy Nelson
Le ciel est partout
Le soleil est pour toi

Patrick Ness
Le Chaos en marche
• 1. La Voix du couteau
• 2. Le Cercle et la Flèche
• 3. La Guerre du Bruit
Nous autres simples mortels

William Nicholson
L'amour, mode d'emploi

Jennifer Niven
Tous nos jours parfaits
Les Mille Visages de notre histoire

Han Nolan
La vie blues

Tyne O'Connell
Les confidences de Calypso
• 1. Romance royale
• 2. Trahison royale
• 3. Duel princier
• 4. Rupture princière

Isabelle Pandazopoulos
La Décision

Leonardo Patrignani
Multiversum
• Multiversum
• Memoria
• Utopia

Mary E. Pearson

Jenna Fox, pour toujours

- Jenna Fox, pour toujours
- L'héritage Jenna Fox

Lucie Pierrat-Pajot

Les Mystères de Larispem

- 1. Le sang jamais n'oublie

François Place

La douane volante

Louise Rennison

Le journal intime de Georgia Nicolson

- 1. Mon nez, mon chat, l'amour et moi
- 2. Le bonheur est au bout de l'élastique
- 3. Entre mes nungas-nungas mon cœur balance
- 4. À plus, Choupi-Trognon...
- 5. Syndrome allumage taille cosmos
- 6. Escale au Pays-du-Nougat-en-Folie
- 7. Retour à la case égouttoir de l'amour
- 8. Un gus vaut mieux que deux tu l'auras
- 9. Le coup passa si près que le félidé fit un écart
- 10. Bouquet final en forme d'hilaritude

Carrie Ryan

La Forêt des Damnés

- La Forêt des Damnés
- Rivage mortel

Robyn Schneider

Cœurs brisés, têtes coupées

Ruta Sepetys

Big Easy

Ce qu'ils n'ont pas pu nous prendre

Le sel de nos larmes

Stéphane Servant

Guadalquivir

Dodie Smith

Le château de Cassandra

L. A. Weatherly

Angel

- Angel
- Angel Fire
- Angel Fever

Scott Westerfeld

Code Cool

Moira Young

Les chemins de poussière

- 1. Saba, ange de la mort
- 2. Sombre Eden
- 3. Étoile rebelle

Le papier de cet ouvrage est composé de fibres naturelles, renouvelables, recyclables et fabriquées à partir de bois provenant de forêts gérées durablement.

Maquette : Dominique Guillaumin

ISBN : 978-2-07-512100-2
N° d'édition : 343980
Dépôt légal : mars 2019
N° d'impression : 234462

Imprimé en France par Maury Imprimeur – 45330 Malesherbes